愛蔵版おはなしのろうそく 12

雌《め》牛《うし》のブーコラ

東京子ども図書館

はじめに――おねがいふたつ

ひとつめのおねがい――子どもたちに

みなさんは、だれかにお話をしてもらったことがありますか？　本を読んでもらったことはありますか？　それは、だれから？

おかあさん？　おとうさん？

おばあちゃん？　おじいちゃん？

それとも、保育園《ほいくえん》や、学校のせんせい？

図書館《としょかん》の「おはなしのじかん」や、「お話会」で、お話を聞いたことのある人はいますか？

この本にはいっているお話は、東京子《とうきょうこ》ども図書館《としょかん》という小さな図書館《としょかん》の「おはなしのじかん」で、くりかえし語《かた》られたもの、そして、みんながおもしろいと思ったものの中からえらびました。そのほとんどは、いつとはわからないくらい古くから、世界《せかい》じゅうのいろいろな国で語《かた》りつたえられてきた昔話《むかしばなし》です。この中に、きっと、あなたの大すきなお話がいくつか見つかることでしょう。

どうぞ、ひとつでも、ふたつでも、この中にあるお話を読んでください。読んでいくうちに、きっと遠い国や、古い時代《じだい》や、ふしぎな世界《せかい》を旅《たび》している気持《きも》ちになることでしょう。

そして、もし、自分で読めないときは、まわりにいるおとなの人に、「これ、読んで！」と、たのんでください。

ふたつめのおねがい——子どものまわりにいるおとなたちに

もし、あなたの身近にいる子どもが、「お話して！」とせがんだら、ぜひ、この本の中にあるお話を、ひとつでもふたつでも読んであげてください。子どもたちは、いつの時代にも「お話して！」と、せがんできました。きっとからだにとって食べものが必要なように、心にとってお話が必要だからなのでしょう。

どうぞ、子どもたちにお話をしてあげてください。本を読んであげてください。幼い日に、耳からはいったお話は、それを語ってくれた人の声とぬくもり、子どもたち自身がそれを聞きながら思い浮かべたイメージと共に、一生その子の中にとどまります。お話は、おとなが子どもにおくることのできる、いちばんいいのちの長い贈りものだと思います。

もくじ

*

*

◉表紙・さし絵——大社《おおこそ》玲子《れいこ》

雌《め》牛《うし》のブーコラ――愛蔵版おはなしのろうそく12

マッチ売りの少女

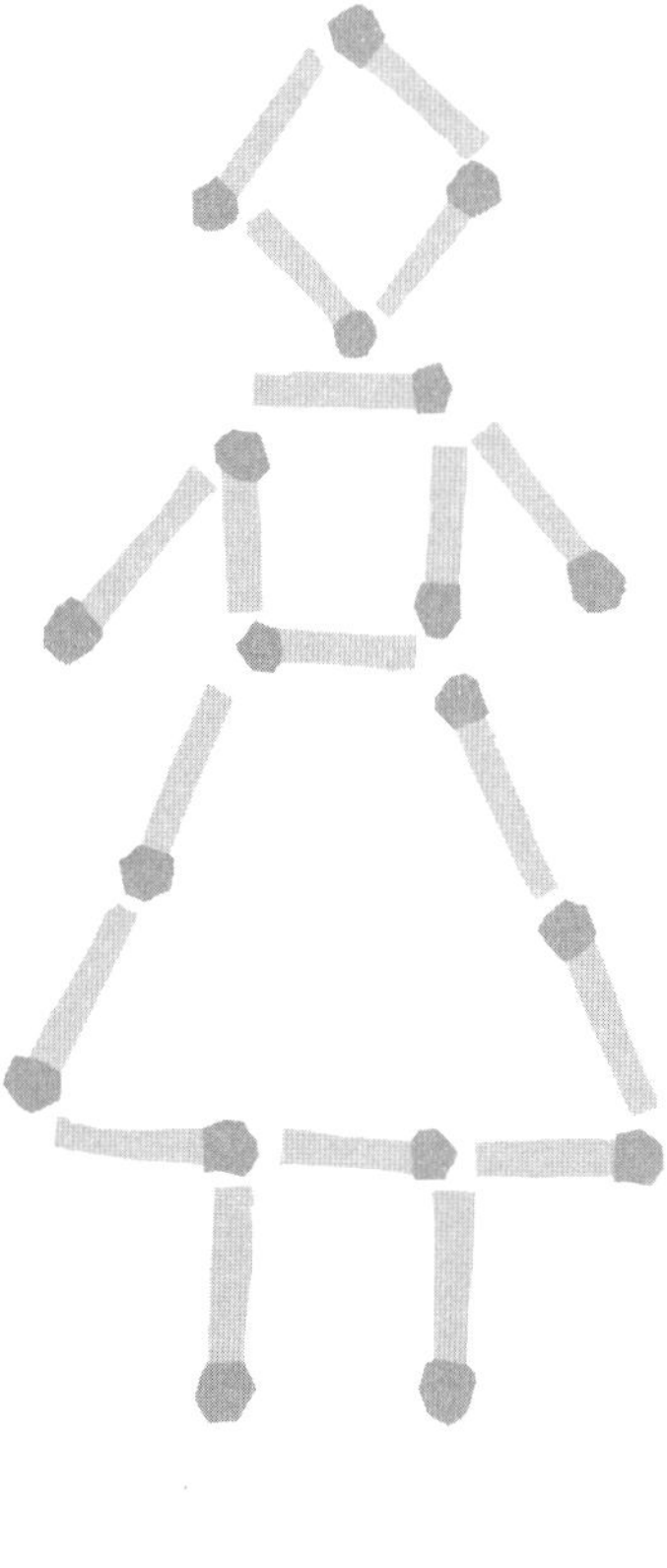

たいそう寒《さむ》い日のことでした。雪がふっていました。あたりは、もう暗《くら》くなりはじめていました。

それは、一年の一番おしまいの日、大みそかの晩《ばん》でした。

この寒《さむ》い、そして暗《くら》い中を、ひとりのみすぼらしい身《み》なりの少女が、ぼうしもかぶらず、おまけにはだしで、通りを歩いていました。それでも、うちを出たときには、布《ぬの》ぐつをはいていたのです。けれども、そんなものがなんの役《やく》に立つでしょう。それは、とても大きなくつでした。ついこのあいだまではおかあさんがはいていたのですから、大きすぎたのです。しかも、そのくつも、さっき往来《おうらい》をいそいで横切《よこぎ》ろうとしたとき、二台の馬車《ばしゃ》がおそろしいいきおいで走ってきたものですから、よけたひょうしにぬげてしまったのです。かたほうはどうしても見つかりませんでした。もうかたほうは、よその男の子が、今に自分の赤《あか》ん坊《ぼう》が生まれたら、ゆりかごに使《つか》える、といいながら、もっていってしまいました。

こうして、今この少女は、小さいはだしの足を寒《さむ》さのためにむらさき色にして、歩いていました。古ぼけたエプロンの中には、マッチがたくさんはいっています。そして、手にも、ひと束《たば》もっていました。けれども、きょうは一日じゅうだれも買ってくれません。だれひとり、わずか一スギリンのお金もめぐんでくれる人はありませんでした。少女は、おなかをへらし、寒《さむ》さにふるえながら歩いていました。そのようすは、ほんとうにあわれでした。

えり首のところで美《うつく》しくカールしている長い金色の髪《かみ》の上に雪がふりかかっていました。でも、少女は、今はそんな身《み》なりのことなんか考えていませんでした。

どの家のまどからも、明かりが外にもれていました。そして、ガチョウの焼《や》き肉《にく》のおいしそうなにおいが、往来《おうらい》までただよっています。それもそのはずです。大みそかの晩《ばん》ですもの。そのことを少女は考えていたのです。

さて、家が二けんならんでいて、一けんがもう一けんより通りへ少しつき出ているところがありました。その二けんのあいだのすみっこに少女はからだをちぢめて、うずくまりました。そして、小さい足をからだの下にひきよせました。けれども寒《さむ》さはつのるばかりです。

でも、少女は家へ帰ろうとはしませんでした。マッチはまだひとつも売れていませんし、お金だって一銭《せん》も手に入れていません。家に帰れば、お父さんにぶたれるにきまっています。それに、家に帰ったところで寒《さむ》いのは同じです。屋根《やね》とは名ばかりで、大きなすきまはワラやぼろ切れでふさいでありましたが、それでも風はピューピューと吹《ふ》きこんできました。

少女の小さな手は、寒《さむ》さのためにかじかんでいました。ああ！　こんなとき、一本のマッチがあれば、指先《ゆびさき》をあたためられます。もっているマッチの束《たば》から一本ぬいて、かべにこすりさえすればいいのです。

少女は、マッチを一本、ひきぬきました。シュッ！

火花が出て、マッチはもえました。あたたかい、明るいほのおは、まるで、小さいろうそくの火のようでした。少女はそのまわりに手をかざしました。なんてよくもえるのでしょう！　なんだかピカピカした真鍮《しんちゅう》のふたと、真鍮《しんちゅう》の胴《どう》のついている大きな鉄《てつ》のストーヴの前にすわっているような気がしました。火は、あたたかく、あかあかともえました。少女は、足もあたためようと、そっとのばしました。そのとたん、ほのおは消《き》えて、ストーヴも見えなくなりました。少女の手には、ただもえさしのマッチがのこっているばかりでした。

少女は、もう一本マッチをこすりました。マッチはもえあがって、あたりを照《て》らしました。その光が家のかべを照《て》らすと、そのかべは絹《きぬ》のとばりのようにすきとおり、中が見えました。

そこには、かがやくばかりに白いテーブルかけをかけたテーブルがありました。その上には、上等《じょうとう》の食器《しょっき》がならべてあって、スモモやリンゴをつめた焼《や》きガチョウが、ほか

ほかとおいしそうな湯気《ゆげ》を立てているではありませんか！　そして、そのうえすばらしいことには、そのガチョウがお皿《さら》からとびおりて、背中《せなか》にフォークとナイフをさしたまま、床《ゆか》の上を、よたよたと歩きだしたのです。そして、貧《まず》しい少女のほうへ、まっすぐやってくるではありませんか、そのとたん、マッチの火が消《き》えてしまいました。あとには、ぶあついかべが見えるばかりでした。

少女は、また、新しいマッチをもやしました。こんどは、このうえもなく美《うつく》しいクリスマスツリーの下にすわっていました。それは、クリスマス・イヴに、金持《かねも》ちの商人《しょうにん》の家のガラス戸ごしに見たのより、ずっと大きく、ずっときれいにかざり立ててありました。何千というろうそくが緑《みどり》の枝《えだ》の上でもえています。そして、お店のかざりまどにあるような色とりどりの美《うつく》しい絵が、少女を見おろしていました。少女は、思わず両手《りょうて》をのばしました。

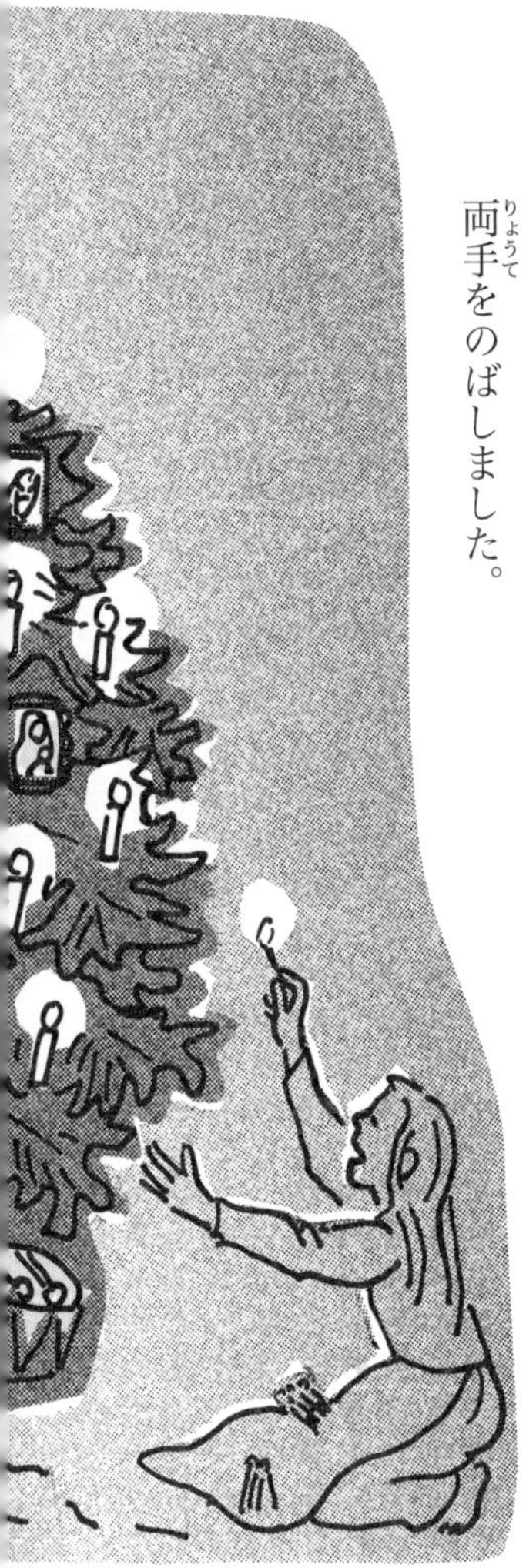

そのとたんに、マッチは消《き》えてしまいました。けれどもたくさんのクリスマスのろうそくは、高く、高く、空へのぼっていきました。少女の目には、それが明るい星になっていくように見えました。そのとき、そのうちのひとつがとんで、空に長い光の尾《お》をひいて流《なが》れました。

「あっ、だれかが死《し》ぬんだわ！」と、少女はいいました。それは少女のことをたいそうかわいがってくれた亡《な》くなったおばあさんが、星がひとつ落《お》ちると、そのたびにひとつの魂《たましい》が、神《かみ》さまのところへのぼっていくのだと教えてくれたからです。

少女は、また、一本のマッチをかべにこすりました。あたりがパッと明るくなりました。すると、その明るい光の中に、年をとったおばあさんが立っているではありませんか。その姿《すがた》は、いかにもやさしく、幸福《こうふく》そうに、光りかがやいて見えました。

「おばあさん！」と、少女はさけびました。「わたしをつれていってちょうだい！　だって、おばあさんは、マッチが消《き》えると、行ってしまうんでしょ。ちょうど、あのあたたかいストーヴや、おいしそうな焼《や》きガチョウや、あの大きくて、すてきなクリスマスツリーのように！」

少女は、大いそぎで、のこっていたマッチの束《たば》ぜんぶに火をつけました。こうして、おばあさんをしっかりとひきとめておこうと思ったのです。マッチは、とても明るくかがやいて、あたりはま昼よりも、もっと明るくなりました。そして、このときほど、おばあさんが美《うつく》しく、大きく見えたことは、ありませんでした。おばあさんは小さい少女をうでにだきあげました。こうして、ふたりは光とよろこびとにつつまれて高く、高くのぼっていきました。そこにはもう、寒《さむ》いことも、ひもじいことも、こわいこともありません。ふたりは、神《かみ》さまのみもとに召《め》されていったのです。

あくる朝、家と家のあいだには、小さい少女が、ほおを赤くして、口もとには、ほほえみをうかべて死《し》んでいました。すぎさった年の最後《さいご》の晩《ばん》に、少女はこごえ死《し》んだのです。新しい年の太陽《たいよう》が、小さななきがらの上にものぼってきました。そのなきがらは、マッチをもったままうずくまっていました。そのうちのひと束《たば》は、ほとんどもえつきていました。

人々は、この子は、あたたまろうとしたんだね、といいました。けれども、この少女が、どんなに美《うつく》しいものを見たか、また、どんなにかがやかしい光の中で、おばあさんとともに新年のよろこびをお祝《いわ》いしに行ったか、だれひとり知っているものはありませんでした。

鳥になりたかった こぐまの話

あるところに、黒いこぐまがいました。こぐまは、鳥になりたいと思っていました。毎日そのことばかり考えて、とうとう「ぼくは、鳥なんだ」と、自分できめてしまいました。

ある日のこと、こぐまが森の中を歩いていると、鳥たちが、高い木の枝《えだ》にとまっているのが見えました。

「こんにちは。ぼくも鳥なんだよ」と、こぐまはいいました。

鳥たちはわらって、

「おまえは鳥じゃないよ。鳥にはくちばしってものがあるんだから」と、いいました。

そこでこぐまは、森の中を走りまわって、先のとがった木ぎれを見つけました。こぐまは、木ぎれを鼻《はな》の先にむすびつけると、いそいで鳥たちのいる木のところまでもどりました。

「見て！」と、こぐまは上を見てさけびました。「ぼくにもくちばしがあるよ！」

「とはいっても、おまえは鳥じゃないよ。鳥には、羽ってものがあるんだから」と、鳥たちはいいました。

こぐまは、できるだけはやく走って、森の外へ出、にわとり小屋《ごや》に行きました。そこには、たくさんの羽が落《お》ちていました。こぐまは、羽をひろい集《あつ》めて、森に帰りました。こぐまは松葉《まつば》の上にすわりこんで、羽を頭から、肩《かた》から、前足まで、一面《いちめん》につけました。それからこぐまは、鳥たちのいる木のところへもどって、うれしそうにさけびました。

「ぼくにも羽があるよ。見て！ぼくは鳥だよ」

けれども鳥たちは、こぐまを見て、わらうだけでした。

「おまえは鳥じゃないよ」と、鳥たちはいいました。「鳥がうたうってことを知らないのかい？」

こぐまはかなしくなりました。けれども、それはほんのちょっとのあいだだけでした。こぐまは森のおくに、歌の先生がすんでいる家があることを、思い出したからです。こぐまはそこへ行って、戸をたたきました。

「どうぞ、ぼくに歌を教えてください」こぐまはたのみました。「ぼくは、どうしても歌がうたえるようになりたいのです」

「これは、またあずらしいこと」と、歌の先生はいいました。「でも、まあやってみましょう。わたしには、とっておきの方法《ほうほう》がありますから。おはいりなさい。口を大きくあけて、さあ、わたしのあとについて、ドレミレド……ドレミレド」

こぐまは、練習《れんしゅう》しました。練習《れんしゅう》して、練習《れんしゅう》して、まる一週間、練習《れんしゅう》しつづけました。自分でも、なかなかうまくなったと思ったので、こぐまは、いそいで鳥たちのいる木のところにもどりました。

「聞いて！」と、こぐまはさけびました。

「ぼくもうたえるんだよ」

そして、口をとても大きくあけて、太い声でうたいました。「ド・レ・ミ・レ・ド……ド・レ・ミ・レ・ド」

鳥たちは、大わらいしました。

「おまえは、鳥じゃないよ」鳥たちは、こぐまに教えました。「鳥は、飛《と》べるんだ」

「ぼくも飛《と》べるよ」こぐまは、まず、羽だらけの足をかたほうあげて、はねました。そしてつぎに、もうかたほうの足ではねました。それから両足《りょうあし》で、ぴょんぴょんと、とびはねました。けれども、こぐまは飛《と》べません。

「ぼくは、もっと地面《じめん》から足をはなして飛《と》ばなくちゃ」こぐまはいいました。「ぼくを見ててね」

そこでこぐまは、そばの大きな岩の上によじのぼりました。そして、岩のはしから下を見ると、地面《じめん》はとても遠くに見えました。

「でも」と、こぐまは考えました。「もし、走ってきて、下を見ないで飛《と》んだら、きっとうまくいく」

こぐまはうしろにさがりました。そして岩のはしまで一所懸命《いっしょけんめい》走り、目をギュッとつぶりました。

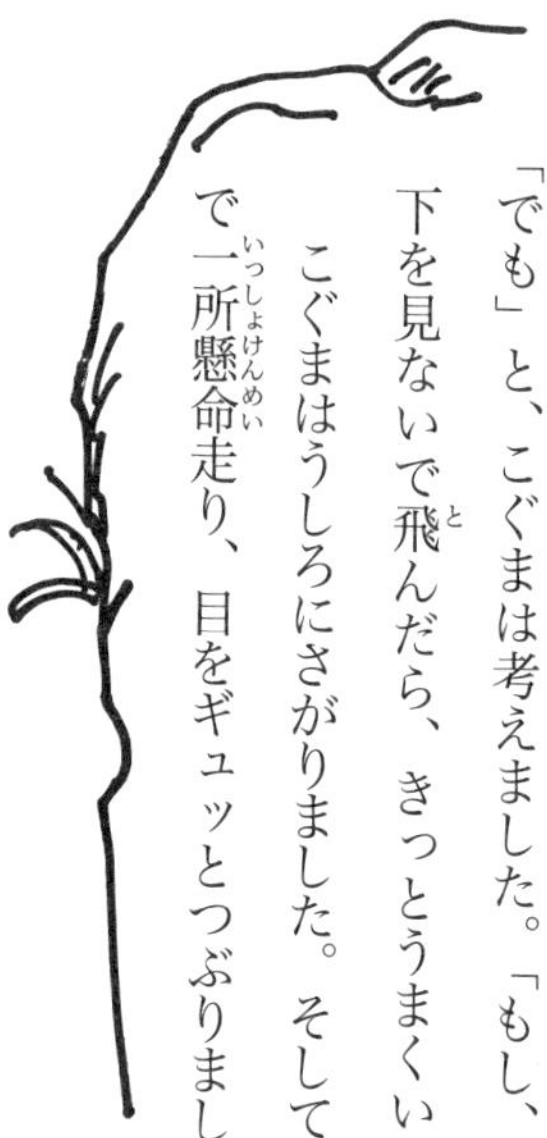

そして足をあげて思いきって飛《と》びました。すると、ドシン！　と、大きな音をたてて、しりもちをつきました。

こぐまは、目をあけました。なみだがあふれてきました。うったところがいたかったのです。くちばしは、とれていました。羽は、あたり一面《いちめん》にちらばっていました。

鳥たちは、木の高いところで、わらいころげていました。そして、みないっせいに飛《と》んでいってしまいました。

「おまえは、鳥じゃないよ」鳥たちの声が、風にのって

聞こえてきました。「おまえは鳥じゃない。おまえは、くまだ」

こぐまは、おきあがると、森の中をゆっくり歩いていきました。こぐまは、とても気分がわるく、そのうえからだじゅうがズキンズキンといたみました。

こぐまは鼻《はな》をこすりました。あのぶかっこうなくちばしがもうくっついていないので、うれしくなりました。こぐまは、まだついていた羽をむしりとりました。すると、こぐまの毛皮《けがわ》は、またもとどおりやわらかく、気持《きも》ちよくなりました。こぐまは、しげみの中に、美《うつく》しい赤い実《み》がたくさんなっているのを見つけました。その実《み》を食べると、それはそれはすばらしい味《あじ》でした。小鳥たちが食べるミミズより、ずっといいものでした。

そのあとで、こぐまは、ちょうど同じくらいの大きさのこぐまが、森の中をやってくるのに会いました。

「ウーフ、ウーフ、ウーフ」と、そのこぐまはあいさつしました。

「ウーフ、ウーフ」と、こぐまもあいさつしました。そして「やっぱり、この声のほうがすきだ。太い声で、ド・レ・ミ・レ・ドとうたうのより、ずっといい」と思いました。

「ぼくがなにを見つけたか、見に来てよ」と、新しい友だちがいいました。そして、大きな木にこぐまをつれていって、のぼりはじめました。

「ぼくについておいで」

そこで、こぐまものぼりました。枝《えだ》がわかれたところまでのぼってみると、大きなミツバチの巣《す》がありました。その中には、ハチミツがいっ

ぱいつまっていました。

「おーっ！」と、こぐまはいいました。

「なんてすてきなものを見つけたんだろう」

こぐまは、前足をミツの中にひたし、それをなめました。また、前足をミツにひたしてなめました。そして、もう一度《ど》ひたしてなめました。

「ぼくは、くまでよかった。もう鳥になりたいなんて思わないよ」

絵姿女房
えすがたにょうぼう

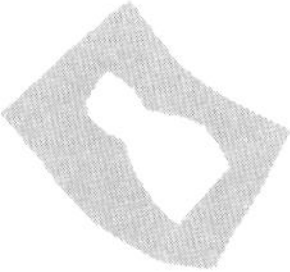

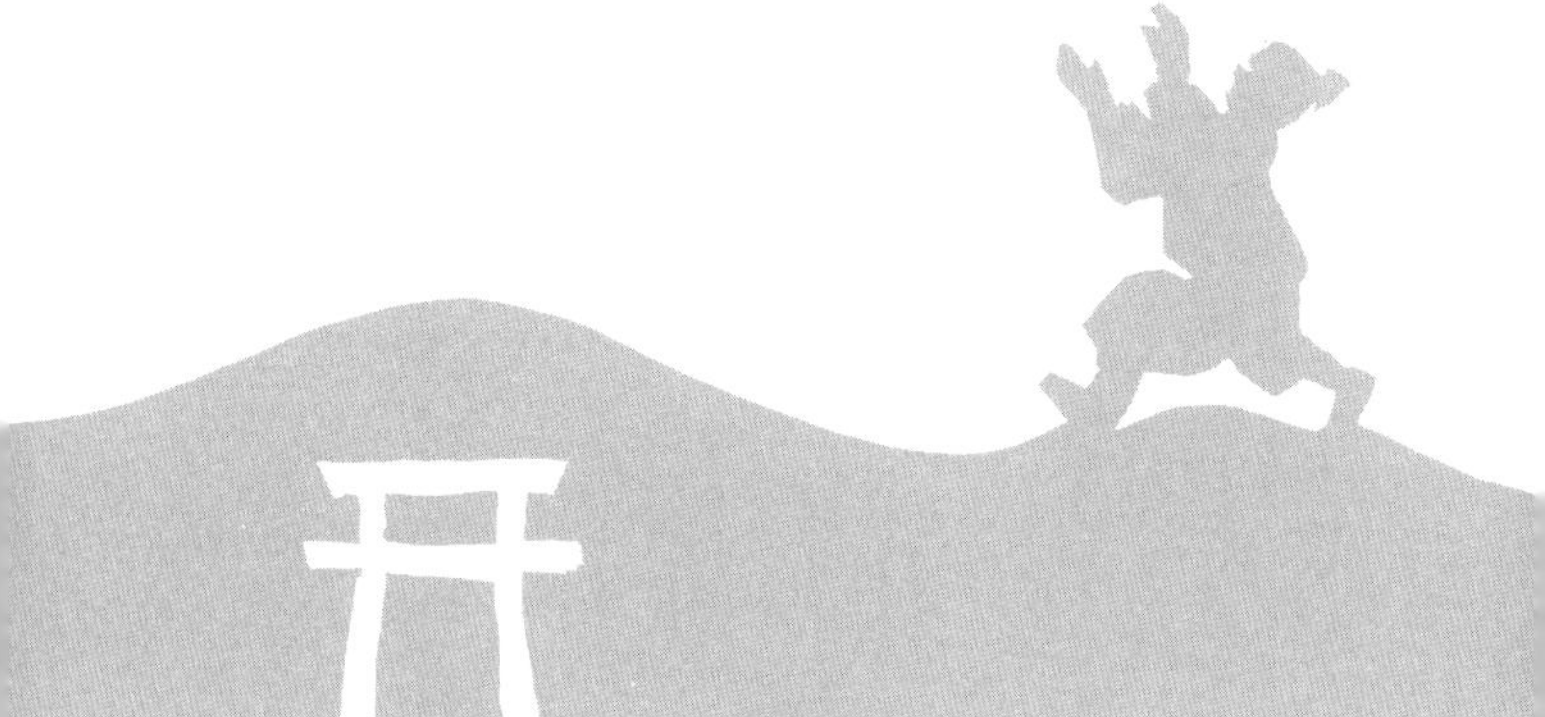

むかし、あるところに、ごんべえという男がいました。ひどい貧乏《びんぼう》で、そのうえ、頭も少々たりないときていたので、だれも嫁《よめ》にきてくれるものがなく、そまつな小屋《こや》に、たったひとりでくらしていました。

ところが、ある晩《ばん》のこと、その小屋《こや》にひとりのわかい女がやってきて、ひと晩《ばん》とめてもらえまいかと聞きました。それがまた見たこともないような美《うつく》しい女だったので、ごんべえは、ただもうよろこんでとめてやりました。

すると、女は、その夜、ごはんのあとで、こんなことをいいだしました。

「どうやらお見かけしたところ、あんたはおひとりでおくらしのようす。じつは、わたしもひとりものです。どうでしょう、わたしを嫁《よめ》にもらってはくれませんか?」

ごんべえは、もううれしくてうれしくて、夢《ゆめ》ではないかとよろこびました。そして、ふたりは、めでたく夫婦《ふうふ》になりました。

さて、それからというもの、ごんべえは、毎日毎日、このうえなくしあわせでした。けれども、しあわせすぎてこまったことになりました。ちっとも仕事《しごと》ができなくなったのです。それというのも、このわかい女《にょう》房《ぼう》が気に入って気に入って、かたときも女房《にょうぼう》から目をそらすことができないからでした。女房《にょうぼう》の顔ばかり見て、自分の手もとを見ないので、わらじを作れば、五尺《しゃく》も六尺《しゃく》もあるのができる。みのを作れば、一丈《じょう》も二丈《じょう》もあるのができる……というわけで、わらじも、みのも、ぜんぜん使《つか》いものになりませんでした。

畑《はたけ》へ出れば出たで、女房《にょうぼう》のことが気にかかり、行ったかと思うと、もどってきて、「おまえ、いたかや」と、女房《にょうぼう》の顔を見ないではいられないというありさまで、一日はたらいても、仕事《しごと》はいくらもはかどりませんでした。

とうとう女房《にょうぼう》が、こんなことをしていてはどうにもならんといって、町へ行って、絵かきにたのんで、自分の絵をかいてもらってきました。そして、ごんべえにその絵をわたし、「これは、わたしの絵姿《えすがた》です。畑《はたけ》

に行ったら、これを近くの木の枝《えだ》にかけて、仕事《しごと》をしなさい。そうすりゃ、さびしゅうはないでしょう」と、いいました。

ごんべえは、いわれたとおり、近くの桑《くわ》の木の枝《えだ》に絵をかけ、それを見い見いはたらくようにしたので、もう前のように、何度《ど》もうちへ走って帰ることはなくなりました。

ところが、ある日、きゅうに大風がふいてきて、その絵を空にふきあげたのです。ごんべえは、あわててあとを追《お》いかけましたが、絵はまたたくまに見えなくなってしまいました。ごんべえは、泣《な》く泣《な》くうちへ帰って、女房《にょうぼう》にそのことを話しました。

すると、女房《にょうぼう》は、「心配《しんぱい》しなさんな。また町へ行って、かいてもらってきますから」と、ごんべえをなぐさめました。

いっぽう、絵のほうは、ひらひらと空をとんでいって、とうとうお城《しろ》のお庭《にわ》に落《お》ちました。お城《しろ》の殿《との》さまは、絵を見たとたん、その女がひどく気に入りました。殿《との》さまは、「絵があるからには、女がいるにちがいない」と考え、家来《けらい》たちに、この女をさがし出して、城《しろ》につれてくるようにと命《めい》じました。

家来《けらい》たちは、絵をもって、村から村へ、「だれか、この女を知らないか」と、たずねて歩きました。そして、ある日、とうとうごんべえの村へもやってきました。

「この女を知っているものはいないか？」と、家来《けらい》たちが絵を見せると、村人たちは、すぐ、「ああ、これは、ごんべえの女房《にょうぼう》だ」と、いいました。

そこで、家来《けらい》たちが、ごんべえの家へ行ってみると、なるほど絵姿《えすがた》そっくりの美《うつく》しい女がいました。

「殿《との》さまの命令《めいれい》だ。この女を城《しろ》へつれていく」

家来《けらい》たちは、そういうと、いきなり女房《にょうぼう》をつれていこうとしました。

「ゆるしてくだされ、つれていかないでくだされ」と、ごんべえは、泣《な》いてたのみました。けれども、ごんべえのたのみなど、聞いてくれるはずもありません。ごんべえがあまりひどく泣《な》いたので、足もとになみだの大きな水たまりができたほどでした。

「ごんべえ、ごんべえ、そう泣《な》かんで」と、女房《にょうぼう》はいいました。「今はどうしようもないけれど、わたしのいうことをよく聞いて、そのとおりにしておくれ。年越《としこ》しの日になったら、門松《かどまつ》をしょって、お城《しろ》へ売りにくるんだよ。そうすれば、万事《ばんじ》うまくいくから」

そういいのこして、女房《にょうぼう》は城《しろ》へつれていかれてしまいました。ごんべえは、年越《としこ》しの日がくるのを、今日か明日かとまちました。ようやくその日がきたので、ごんべえは、大よろこび。門松《かどまつ》の大きな束《たば》を背中《せなか》にしょって、いさんでお城《しろ》へとむかいました。

お城《しろ》に着《つ》くと、ごんべえは塀《へい》の外で、

「門松《かどまつ》やァ、門松《かどまつ》。正月の門松《かどまつ》はいらんかなあ」と、大声をはりあげていいました。

城《しろ》の中では、女房《にょうぼう》が、その声を聞いて、

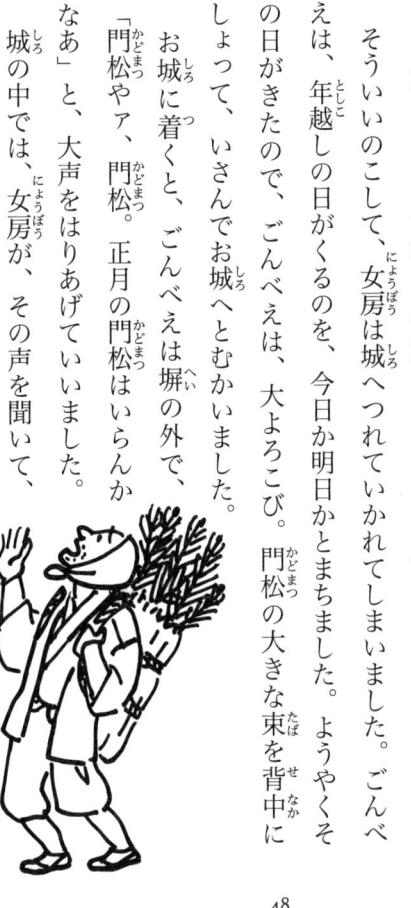

にっこりわらいました。城《しろ》へつれてこられてから一度《ど》もわらったことのない女房《にょうぼう》がわらったので、殿《との》さまは大よろこび。すぐさま家来《けらい》に、あの門松《かどまつ》売りをよべといいつけました。

ごんべえが城《しろ》の庭《にわ》にはいってきたのを見て、女房《にょうぼう》は、ますますうれしそうな顔をしました。女の顔が、ぱあっと晴れたのを見て、殿《との》さまは、「門松《かどまつ》売りがそんなにすきなら、ひとつ、わしが門松《かどまつ》売りになってやろう」と、考えました。

そこで、殿《との》さまは、ごんべえに、着物《きもの》をとりかえるように命令《めいれい》し、自分は、ごんべえのそまつな着物《きもの》を着《き》て、門松《かどまつ》をせおい、庭《にわ》の中を、あっ

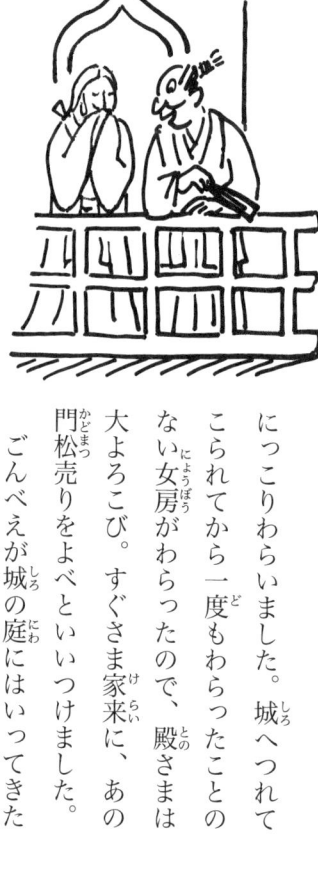

ちへ行ったりこっちへ行ったりしては、「門松《かどまつ》や門松《かどまつ》。門松《かどまつ》や門松《かどまつ》」と、よばわりました。

これを見ると、ごんべえの女房《にょうぼう》は、ますますうれしそうな顔になり、しまいには、手をたたき、声をあげてわらいました。殿《との》さまは、女がこれほどよろこぶのを見て、すっかり有頂天《うちょうてん》になり、「門松《かどまつ》や門松《かどまつ》。門松《かどまつ》や門松《かどまつ》」とうたいながら、おどりだしました。そして、庭《にわ》をぐるぐるまわりながらおどっているうちに、自分でも気がつかないまま門の外へ出ていました。

殿《との》さまが門の外へ出るがはやいか、女房《にょうぼう》は、家来《けらい》にいって城《しろ》の門をしめさせました。しばらくたって、殿《との》さまは、自分がいつのまにか城《しろ》の外にいるのに気がつきました。そこで、あわててもどってみると、おどろいたことに、城《しろ》の門はぴったりしまっているではありませんか。

「あけてくれ、わしじゃ、わしじゃ」

殿《との》さまは、何度《ど》もさけびました。けれども、だれひとり返事《へんじ》をしてくれるものはいませんでした。

そして、城《しろ》の中では、ごんべえと女房《にょうぼう》が、なにひとつ不自由《ふじゆう》なく、しあわせにくらしたということです。

コヨーテとセミ

むかしむかし、川原に、一ぴきのセミが住《す》んでいました。そこはすずしくて、しめっていて、セミにとっては、とても気持《きも》ちのいいところでした。近くに大きなマツの木があって、セミは、よくその木にとまってうたいました。

ある晴れた朝、セミは、とても気分がよかったので、うたいたくなりました。そこで、マツの木に飛《と》んでいって、うたいはじめました。

ミンミン

ミンミン……

そこへ、ココーテが通りかかりました。

ココーテは、セミがうたっているのを聞くと、立ちどまって見あげました。

「おーい、セミ」ココーテはいいました。

「すてきな歌じゃないか。おれにも教えてくれよ」

さて、セミは、ココーテがあまりすきではありませんでした。ごぞんじのように、ココーテは、おなかがすいているときは、虫を食べるからです。けれども、一回くらいなら、うたってやってもいいか、と思いま

した。そこで、セミはうたいはじめました。

ミンミン

ミンミン

ミンミン

ミンミン……

それから、コヨーテがうたいました。コヨーテの歌は、あまりじょうずとはいえませんでした。コヨーテは、どなったり、がなったりしました。

オウ　オウ

オウ　オウ

オウ　オウ

オウ　オウ……

「どうだ？」ココーテはどなりました。

「ちょっとしたもんだろ」

「うーん」セミはうなりました。「まあまあ……かな」

それから、ココーテは、うちにむかいました。歩きながら、ココーテはうたいました。

オウ　オウ

オウ　オウ

オウ　オウ

オウ　オウ……

「そうだ」コヨーテは、ひとりごとをいいました。「うちに帰ったら、子どもたちにこの歌をうたってやろう。子どもたちがねる前に、歌に合わせて、ちょいとダンスができるようにな」

そこで、コヨーテは、頭を高くあげ、もっと大きな声でうたいました。

さて、道の先のほうに、一ぴきのプレーリードッグがいて、ココーテがうたいながら近づいてくるのを見ていました。プレーリードッグは、ココーテをわなにかけてやろうと考えました。そこで、道のまん中に、大きな穴《あな》をほりました。

ココーテは頭を高くあげ、大声でうたいながら近づいてきて――――どすん！

と穴《あな》に落《お》ちました。

ココーテは、せきこんだり、くしゃみをしたり、目からどろを

こすり落《お》としたりしながら、やっとの思いで立ちあがりました。それから、ひと息《いき》入れると、さて、もう一度《ど》うたおうと、頭を高くあげました。ところが！　ココーテは、歌をわすれてしまっていたのです！

「まあ、いいさ」ココーテはいいました。「もう一度《ど》、セミのところに行って、うたってもらおう」

そこで、ココーテは、マツの木まで走ってもどりました。

「おーい、セミ」ココーテはよびかけました。「あの役《やく》立たずのプレーリードッグのやつが、道のまん中に穴《あな》をほったんだ。それで、おれはその穴《あな》ん中に落《お》っこちて、おまえの歌をわすれてしまったってわけさ。もう一度《ど》、うたってくれないか」

さて、セミは、ココーテの相手《あいて》をするのに、いいかげんうんざりしていました。けれども、ココーテが歯《は》をむき出してうなったので、うたったほうが身《み》のためだ、と思いました。そこで、セミはうたいはじめました。

ミンミン　ミンミン

ミンミン　ミンミン

ミンミン……

つぎに、ココーテがもう一度《ど》やってみました。

オウ　オウ

オウ　オウ

オウ　オウ

オウ　オウ……

それから、ココーテはもう一度《ど》

うちにむかって、道をいそぎました。

走りながらココーテは、ありったけの声をはりあげてうたいました。

そのときいきなり、五、六羽のハトのむれが、ココーテの顔めがけてとびかかってきました。ココーテはうしろにとびすさり、ハト

にむかって歯《は》をむいたり、うなったりしました。このさわぎの後、ココーテは、落《お》ち着《つ》きをとりもどすと、さて、もう一度《ど》うたおうと頭を高くあげました。ところが！　ココーテはまたまた、歌をわすれてしまっていたのです！

「セミのやつは、一日じゅう、うたっているのさ」ココーテはいいました。「もう一度《ど》うたってもらえばいいいさ」

そこで、ココーテは、マツの木めざしてかけていきました。

いっぽう、セミは、このままでいくと、ココーテが一日じゅう、あたりをうろつきまわるだろうということに、気がついていました。そして、すっかりうんざりしてしまっていたのです。そこで、セミは、大きく息《いき》をすいこむと、体をふくらませはじめました。どんどん、どんどんふくらんでいったので、とうとう、背中《せなか》のからに割《わ》れ目ができました。セミは、その割《わ》れ目を広げると、自分のからからぬけ出しました。そして、木の幹《みき》をつたって、地面《じめん》におりていきました。セミはそこで、かたい白い岩のかけらを見つけると、それを木の上に運《はこ》び、自分のぬけがらの中に入れました。そして、割《わ》れ目をとじると、木の汁《しる》ではり合わせました。それから、さっさと家に飛《と》んで帰ってしまいました。

そこへ、コヨーテがもどってきて、よびかけました。

「おーい、セミ。あのまぬけなハトどもが、おれの顔めがけてとびかかってきたんだ。それでおれは、またまた、おまえの歌をわすれてしまった。もう一度《ど》うたってくれよ」

もちろん、返事《へんじ》はありませんでした。コヨーテが話しかけているのは、ただのセミのぬけがらだったのですから。けれども、コヨーテはつづけました。

「おい、聞こえないっていうのか？　もう一度《ど》うたえっていってるんだぜ」

それでも返事《へんじ》がなかったので、コヨーテはだんだん腹《はら》が立ってきました。

「いいか、四つ数えるあいだだけ待《ま》ってやるからな。それっきりだぞ」

「一つ。さあ、うたえよ」

返事《へんじ》はありません。

「二つ。うたえっていってるんだぜ」

やっぱり、返事《へんじ》はありません。

「三つ。食われたくなかったら、うたったほうが身《み》のためだぜ」

……　……

「四つ。おれのきばが見えないのか！　うたえ！」

それでも、返事《へんじ》がなかったとき、コヨーテはとびあがり、セミを枝《えだ》からひきはなし、思いっきりかみつきました。けれども、コヨーテがかんだのは、岩のかけらだったのですから、たまりません。

ワ――――――ッ

コヨーテは大声でわめきながら、いたさのあまり、そこらじゅうをかけまわりました。走って、走って、とうとう、流《なが》れのそばまでやってきました。コヨーテは

そこで、いたむ口の中をひやすために、冷《つめ》たい水を飲《の》みました。それから、流《なが》れの水に自分の顔をうつしてみました。前歯《まえば》は、長くてまっすぐなままでした。けれども、両側《りょうがわ》の歯《は》は、のこらずおれ、つぶれて短《みじか》くなってしまっていました。

今でも、コヨーテの歯《は》は、前歯《まえば》のほかは、みんなつぶれて短《みじか》いままです。それはむかし、コヨーテがセミを食べてやるつもりで、かたい岩をかんだからなのです。そして、今でもセミは、自分のぬけがらだけを木の幹《みき》にのこして、飛《と》んでいってしまいますが、あれは、うるさくつきまとうコヨーテをだますために、そうしているのです。

海の水はなぜからい

むかし、むかし、あるところに、ふたりの兄弟がいました。兄さんは金持《かねも》ちでしたが、弟は貧乏《びんぼう》でした。

さて、ある年のクリスマス・イヴのこと、弟の家には、とうとう、肉ひときれ、パンひとかけらもなくなってしまいました。そこで、貧乏《びんぼう》な弟は、金持《かねも》ちの兄さんのところに行って、「クリスマスを祝《いわ》うのに、少しばかり、食べものを分けてくれないか」と、たのみました。

弟が食べものを分けてくれといってきたのは、これがはじめてではなかったので、金持《かねも》ちの兄さんはいやな顔をしましたが、

「もし、おまえが、おれのいうとおりにするなら、ベーコンをひとかたまり、まるごとやってもいいぞ」と、いいました。

弟は、これを聞くと、

「それはありがたい。なんでもいうとおりにしよう」と、約束《やくそく》しました。

すると、兄さんは、

「ほら、これがベーコンだ。これをもって、とっとと地獄《じごく》へ行ってしまえ！」と、いいました。

「なんでもいうとおりにするといったからには、そうしなくちゃな」

弟はそういうと、ベーコンをもって、地獄《じごく》に出かけていきました。

一日じゅう歩きつづけて、夕方、一ヵ所《いっしょ》キラキラ光がさしているところにやってきました。ここが地獄《じごく》かもしれないと、弟は思いました。あたりを見ると、一けんのまき小屋《ごや》があって、長い、まっ白なあごひげをはやしたじいさんが、クリスマスのまきを割《わ》っているところでした。

「こんばんは！」と、ベーコンをもった弟がいいました。

「やあ、こんばんは。こんなにおそく、どこへ行くのかね」と、じいさんが聞きました。

「地獄《じごく》に行こうと思ってね。この道が地獄《じごく》へ行く道ならばね」と、弟はこたえました。

「なら、まちがっちゃいないよ。ここは、もう地獄《じごく》の入り口だ」と、じいさんはいいました。

「中にはいれば、みんなが、おまえさんのもっている、そのベーコンを買いたがるだろうよ。地獄《じごく》には、肉が少ないんでね。だが、いいかね。けっしてすぐに売ったりしてはならんぞ。ドアのうしろにおいてあるひき臼《うす》ととりかえてもいい、というんだ。そいつは、ほしいものならなんでもひき出してくれるふしぎなひき臼《うす》だ。もし、おまえがそのひき臼《うす》をもって、また、ここにもどってきたら、わしが使《つか》い方を教えてやろう」

弟は、じいさんに礼《れい》をいうと、地獄《じごく》のとびらをドンとたたきました。

中にはいると、なにもかも、じいさんのいったとおりでした。大きい悪魔《あくま》も、小さい悪魔《あくま》も、みんな、まるでアリ塚《づか》にむらがるアリのように、弟をとりかこんで、口々にベーコンをくれと、せがみました。

「このベーコンは、本当は、おれとかみさんが、クリスマス・イヴに食べるごちそうなんだが」と、弟はいいました。「おまえさんたちがそんなにほしがるのなら、やってもいい。だが、かわりに、むこうのドアのうしろにおいてあるひき臼《うす》をくれるかね」

悪魔《あくま》たちは、はじめ、そんな取《と》り引《ひ》きには応《おう》じようとしませんでした。そして、なんとかしてまけさせようとしましたが、弟がどうしてもゆずらないので、とうとう、ベーコンとひきかえに、ひき臼《うす》を手ばなすこと

にしました。

さて、弟は、ひき臼《うす》をもって地上に出てくると、木こりのじいさんに、使《つか》い方をたずねました。

「ひき臼《うす》にむかって、ほしいものを出すように、ひとこといいつけさえすればいいのさ。ひき臼《うす》が自分でまわって、いわれたものを出してくれるからな。止めるときは、『もういい、止まれ』と、いえばいい」と、じいさんは教えてくれました。

弟は礼《れい》をいうと、大いそぎで家にむかいました。けれども、家に着《つ》かないうちに、クリスマス・イヴの十二時の鐘《かね》は、鳴りおわっていました。

「いったいぜんたい、どこへ行ってたんだね」と、おかみさんはいいました。「何時間も待《ま》っていたんだよ。クリスマスのおかゆを煮《に》ようにも、

まき一本ありゃしないんだから」

「そんなことといったって、そうはやくは、帰れなかったんだよ」と、弟はいいました。

「あれやこれやで、そりゃあ遠くまで行かなくっちゃならなかったんだから。だけど、今、いいものを見せてやろう」

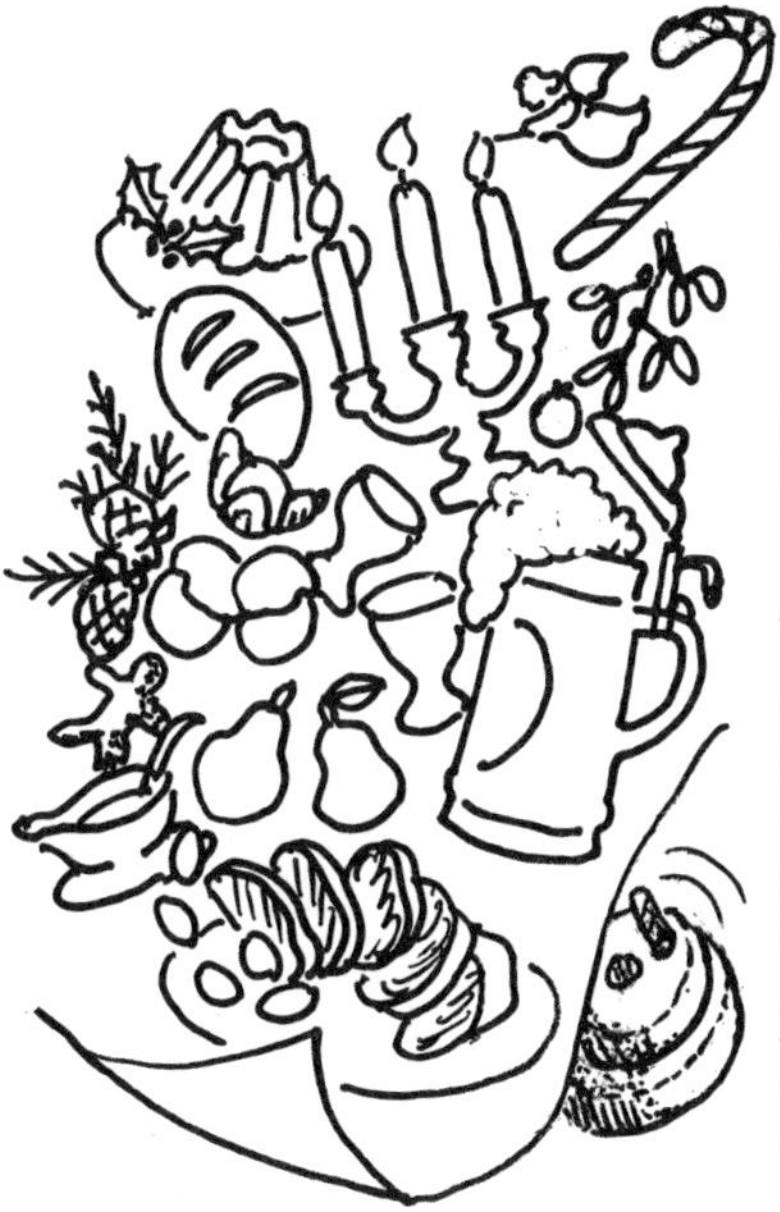

弟は、そういうと、ひき臼《うす》をテーブルの上におきました。そして、ひき臼《うす》にむかって、まず、明かりを出すように、いいつけました。つぎには、テーブルかけ、それから、肉

にビール……クリスマスのお祝《いわ》いにいるものがすべてそろうまで、つぎからつぎへといいつけました。ひき臼《うす》は、ひとことといいさえすれば、あっというまに、ほしいものをひき出してくれました。おかみさんは、いろいろなものが、どんどん出てくるのを、有頂天《うちょうてん》になって見ていました。そして、このふしぎなひき臼《うす》を、いったいどこで手に入れたんだねと、何度《ど》も聞きましたが、弟は教えませんでした。

「どこからだっていいじゃないか。とにかく、こいつはすばらしいひき臼《うす》だし、いくらひき出しても、臼《うす》のもとがかれるってことはないんだから、それでじゅうぶんだろ」

そういって、弟は、ごちそうや、飲《の》みものや、お菓子《かし》など、クリスマスのお祝《いわ》いの十二日間、たっぷり食べられるほどひき出しました。

三日目に、弟は、親《しん》せきや友だちをみんなまねいて、大宴会《だいえんかい》をひらきました。金持《かねも》ちの兄さんもやってきましたが、テーブルの上にあるごちそうや、食料部屋《しょくりょうべや》にぎっしりつまっているものを見て、たいへんふきげんになりました。貧乏《びんぼう》な弟が、こんなにものをもっていることがまんならなかったのです。

金持《かねも》ちの兄さんは、みんなにいいました。

「ついこのクリスマス・イヴには、こいつはひどくこまっていて、おれのところに来て、少しでいいから食べものを分けてくれと、たのみこんだものさ。それがどうだ、きょうは、まるで、王さまか、貴族《きぞく》みたいな宴会《えんかい》をするんだからな」

それから、弟のほうをむいて、

「ところで、この財産《ざいさん》は、いったいどこで手に入れたんだ？」と、聞きました。

「ドアのうしろでさ」と、弟はこたえました。ひみつを知られたくはなかったからです。

ところが、夜になって、弟は少しよっぱらってしまい、ひき臼《うす》のことをかくしておくことができなくなってしまいました。弟は、ひき臼《うす》をもち出してくると、

「ほら、これさ。この財産《ざいさん》をみんなつくってくれたのは！」といって、ひき臼《うす》からいろいろなものをひき出してみせました。

兄さんは、これを見ると、なんとしても、このひき臼《うす》を自分のものにしようと思いました。そこで、おだてたり、すかしたりして、弟をいい

くるめ、なんとか、ゆずってもらうことにしました。けれども、兄さんは、弟に、お金を千五百クローネはらい、そのうえ、とり入れのころまでは、ひき臼《うす》を弟の手もとにおいておくと約束《やくそく》しなければなりませんでした。りこうな弟は、とり入れまでひき臼《うす》をもっていれば、何年か分の食べものと飲《の》みものをひき出しておけると、考えたのです。ですから、ひき臼《うす》は、そのあいだ、仕事《しごと》がなくて、さびつくなんてことはありませんでした。とり入れの時期《じき》になると、ひき臼《うす》は兄さんのものになりました。けれども、弟は、兄さんには、ひき臼《うす》の使《つか》い方を教えませんでした。

金持《かねも》ちの兄さんが、ひき臼《うす》をもって家に帰ったときには、もう夜になっていました。そこで、あくる朝、兄さんは、おかみさんに、きょうは草刈《かり》り場《ば》に行って、草刈《か》り人《にん》が刈《か》った草を干《ほ》し草の山にするようにと、い

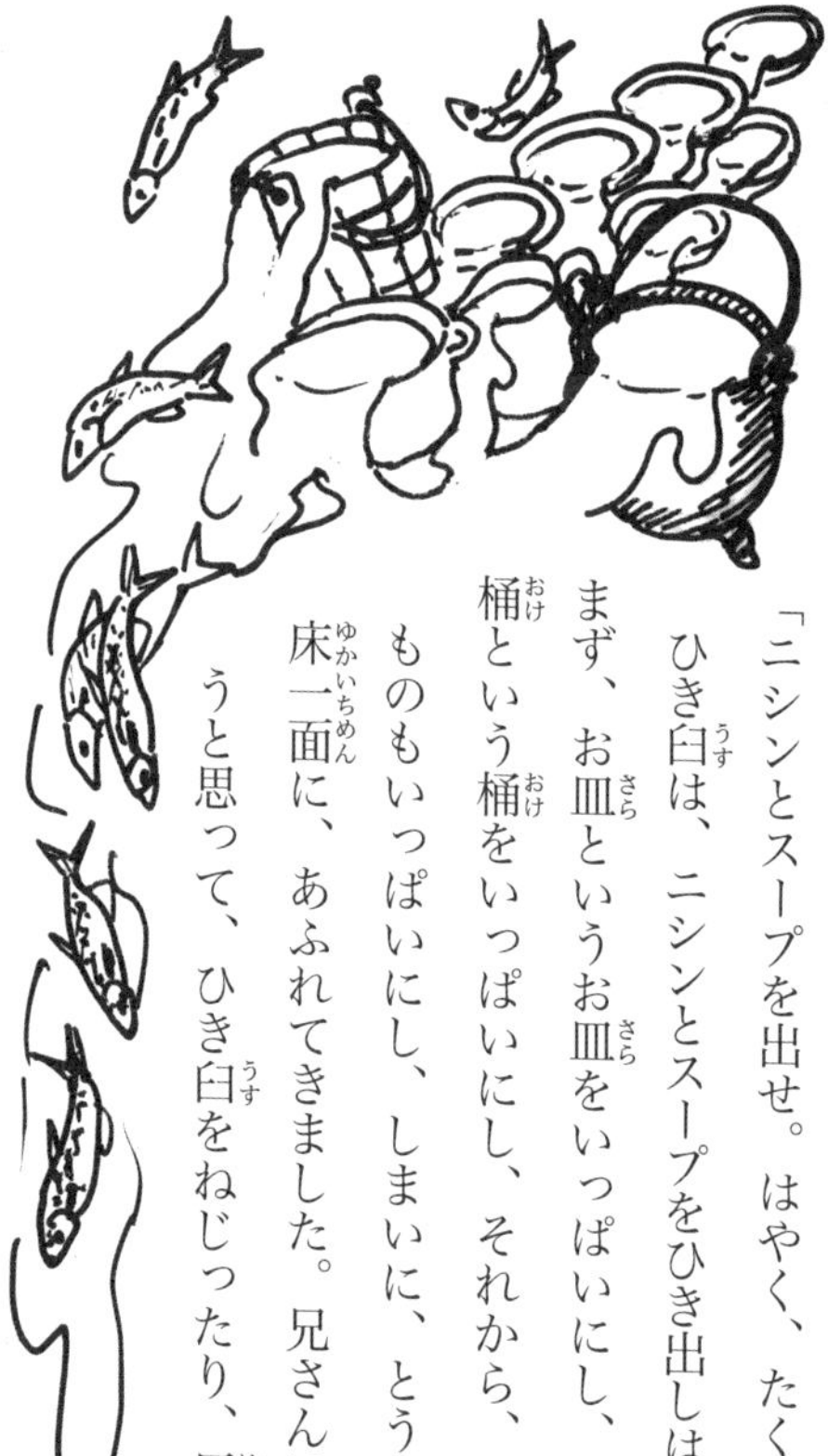

いつけました。自分はうちにいて、昼ごはんのしたくをするから、というのです。

さて、お昼近くになったので、兄さんは、ひき臼《うす》を台所《だいどころ》のテーブルの上において、いいました。

「ニシンとスープを出せ。はやく、たくさん！」

ひき臼《うす》は、ニシンとスープをひき出しはじめました。まず、お皿《さら》というお皿《さら》をいっぱいにし、それから、桶《おけ》という桶《おけ》をいっぱいにし、それから、そのほかのものもいっぱいにし、しまいに、とうとう台所《だいどころ》の床一面《ゆかいちめん》に、あふれてきました。兄さんは、止めようと思って、ひき臼《うす》をねじったり、反対《はんたい》にまわしたりしてみました。けれども、どうやっても止まりません。ひき臼《うす》はまわりつづけ、あっというまに、スープはどんどん高くなって、兄さんはおぼれそうになりました。あわてて台所《だいどころ》のドアをあけ、居間《いま》にかけこみましたが、居間《いま》もたちまちスープでいっぱいになりました。兄さんは、スープをかき分けながら、玄関《げんかん》にたどり着《つ》き、やっとのことでかけ金《がね》をはずすと、命《いのち》からがらおもてにとび出しました。そのすぐあとを、ニシンとスープが、滝《たき》のような音をたてて、畑一面《はたけいちめん》に流《なが》れ出てきました。

いっぽう、おかみさんは、草刈《か》り場《ば》で、干《ほ》し草の山をつくりながら、昼ごはんはずいぶんおそいなと、思っていましたが、とうとう、草刈《か》り人《にん》たちにいいました。

「まだ、ごはんによびに来ないけど、そろそろ帰ったほうがいいわね。

もしかしたら、うちの人がスープをつくるのに手こずって、わたしに手つだってもらいたがっているかもしれないからね」

みんなもそれがいいというので、家にむかって、ぶらぶら歩きはじめました。ところが、丘《おか》をほんの少しのぼりかけたときです。むこうから、ニシンとスープが、洪水《こうずい》のように、しぶきをあげ、うずをまきながら、おしよせてくるではありませんか！　そして、その先頭を、主人《しゅじん》が命《いのち》がけで走ってきます。主人《しゅじん》は、みんなの横《よこ》を走りぬけながら、大声でさけびました。

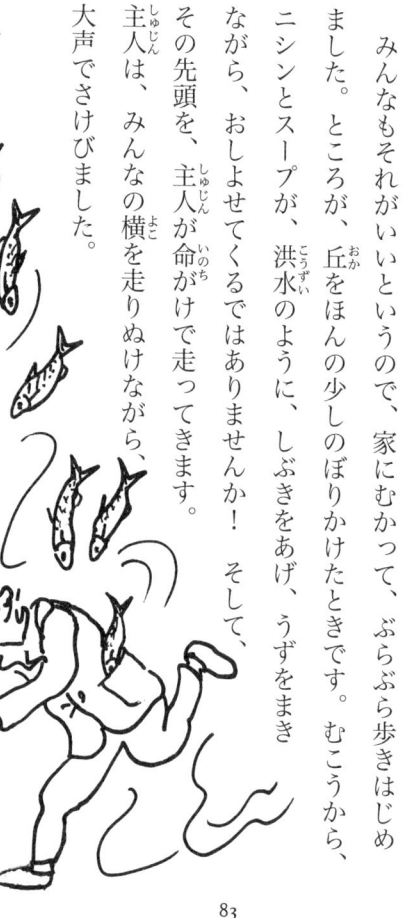

「食えるだけ、食ってくれ！　だが、気をつけろ！　スープにおぼれるな！」

そしてそのまま、まるで悪魔《あくま》にでも追《お》いかけられているように、ものすごいいきおいで、弟のところにかけこむと、「一生のお願《ねが》いだ、今すぐ、あの臼《うす》をひきとってくれ」と、必死《ひっし》にたのみました。「あと一時間も、このままにしておいたら、村じゅうが、ニシンとスープにのみこまれてしまう」

けれども、弟がなかなかひきとろうとしないので、兄さんは、もう千五百クローネのお金をはらわなければなりませんでした。こうして、貧乏《びんぼう》な弟は、また、お金とひき臼《うす》を手に入れたのです。

まもなく、弟は、海の近くに、兄さんの家よりも、ずっとりっぱな家をたてました。そして、ひき臼《うす》にたくさん金《きん》をひき出させ、屋根《やね》を金《きん》でふきました。金《きん》の屋根《やね》は、海のはるかむこうからも、キラキラとかがやいて見えました。船で、そばを通る人たちは、だれもかれも上陸《じょうりく》して、金《きん》の家に住《す》む金持《かねも》ちに会い、ふしぎなひき臼《うす》を見せてもらいました。ひき臼《うす》の話は、世界《せかい》じゅうに広まり、だれひとり知らないものはなくなりました。

ある日のこと、ひき臼《うす》を見たいといって、ひとりの船長がやってきました。船長は、このひき臼《うす》は、塩《しお》も出せるのかと、聞きました。

「塩《しお》が出せるかって？」と、ひき臼《うす》の持《も》ち主《ぬし》はいいました。「もちろんですよ。なんだって出せないものはないんだから」

これを聞くと、船長は、いくらお金をはらっても、このひき臼《うす》を手に入れたいと思いました。これさえあれば、塩《しお》をつんで、長い航海《こうかい》をしなくてもすむと考えたからです。でも、持《も》ち主《ぬし》は、なかなか臼《うす》を手ばなそうとしませんでした。

けれども、船長が、あまり一所懸命《いっしょけんめい》たのむので、とうとう、ゆずることにしました。そこで、船長は、何万クローネものお金をはらい、ひき臼《うす》を手にすると、持《も》ち主《ぬし》の気がかわってはたいへんとばかり、ひき臼《うす》の使《つか》い方を聞く間《ま》もおしみ、大いそぎで船にもどると、帆《ほ》をあげて、行ってしまいました。

船がだいぶ沖《おき》に出たころ、船長は、ひき臼《うす》を甲板《かんぱん》にもち出して、いいました。

「塩《しお》をひき出せ、はやく、たくさん」

ひき臼《うす》は、塩《しお》をひき出しはじめました。塩《しお》は水が流《なが》れ出るように、どんどん出てきました。やがて、船が塩《しお》でいっぱいになったので、船長は、臼《うす》を止めようとしました。ところが、どっちへまわしても、どうやってみてもだめです。ひき臼《うす》は、

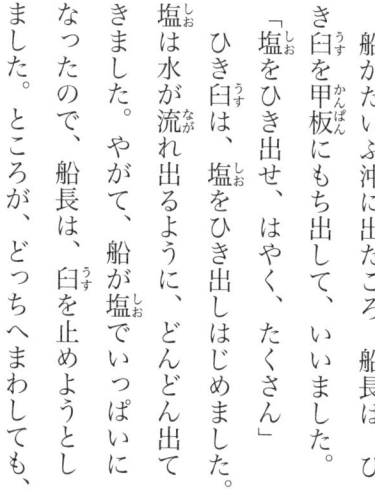

止まるどころか、車のようにぐるぐるまわりつづけました。塩《しお》の山は、どんどんどんどん高くなり、船は、とうとうしずんでしまいました。

ひき臼《うす》は、今でも海の底《そこ》でまわりつづけ、塩《しお》をひき出しています。だから、海の水は塩《しお》からいんですね。

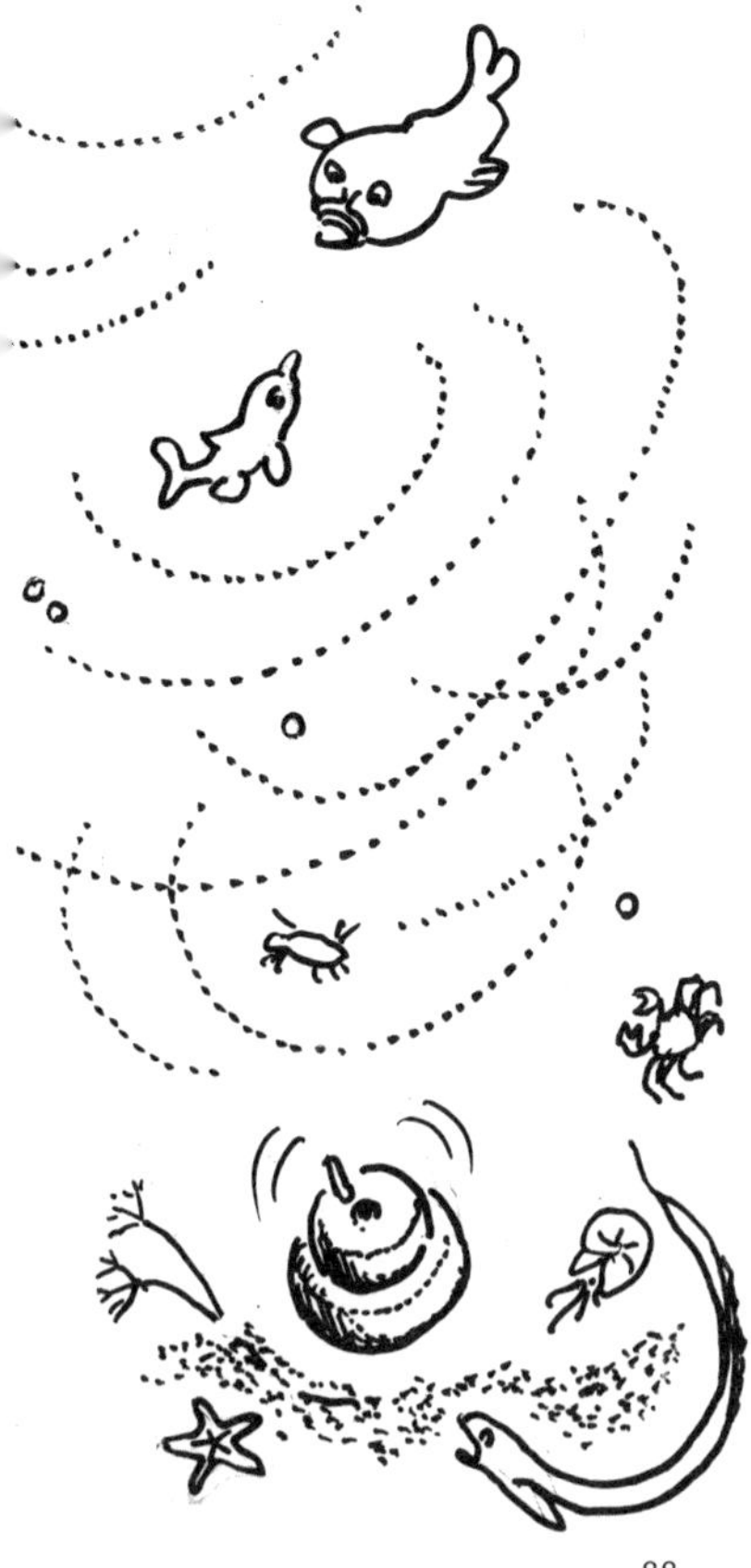

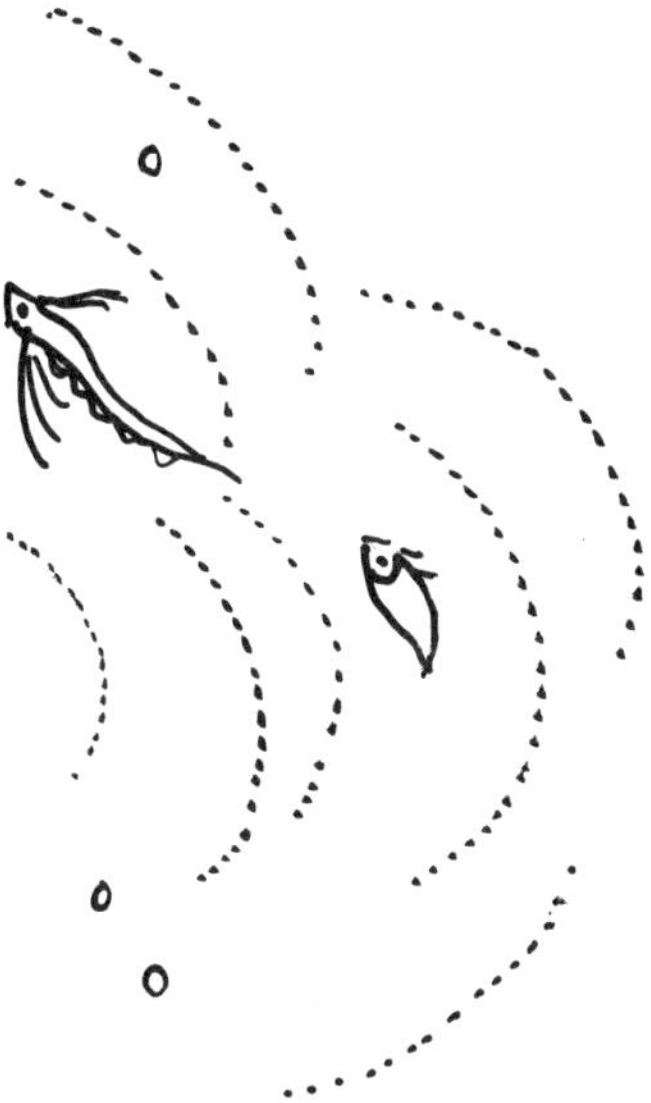

雌牛《めうし》のブーコラ

むかし、おじいさんとおばあさんが、みすぼらしい小屋《こや》に住《す》んでいました。ふたりにはむすこがひとりありましたが、ちっともはたらかない子でした。小屋《こや》に住《す》んでいたのは、この三人だけ、飼《か》っていたのは、たった一頭の雌牛《めうし》だけでした。その雌牛《めうし》は、名前をブーコラといいました。

あるとき、ブーコラに子牛が生まれました。おばあさんはよく世話《せわ》をしてやって、子牛がぶじに生まれると、安心《あんしん》して小屋《こや》にもどりました。ところが、しばらくしてよ

うすを見に行ってみると、ブーコラの姿《すがた》がありません。おじいさんとおばあさんは、ブーコラをさがしに出かけましたが、どんなに遠くまで行っても、雌牛《めうし》は見つかりませんでした。

そこで、ふたりは、こんどはむすこをよんでいいつけました。

「さあ、ブーコラをさがしに行っておいで。見つけるまでは、けっして帰ってくるんじゃないよ」

おじいさんとおばあさんは、むすこにお弁当《べんとう》と新しいくつをやり、むすこは旅《たび》に出かけました。そして、どこまでもどこまでも歩いていき、それから腰《こし》をおろして、お弁当《べんとう》を食べました。食べおわると、むすこは大きな声でよんでみました。

「ブーコラや、もし生きているんなら、モーとひと声鳴いておくれ」

するとすると、はるか遠くのほうから、「モーゥ」と、ブーコラの鳴く声が聞こえました。そこで、むすこは先へ先へと歩いていきました。しばらく行ってから、また草の上にすわりこんで、お弁当《べんとう》を食べ、それから、もう一度《ど》よんでみました。

「ブーコラや、もし生きているんなら、モーとひと声鳴いておくれ」

すると、さっきより少し近いところから、「モーゥ」と、ブーコラの鳴く声が聞こえました。そこでむすこは、また歩きだしました。こうやってどこまでも歩いていくと、大きな岩山がありました。むすこは、その岩山の上にすわってお弁当《べんとう》を食べると、もう一度《ど》よんでみました。

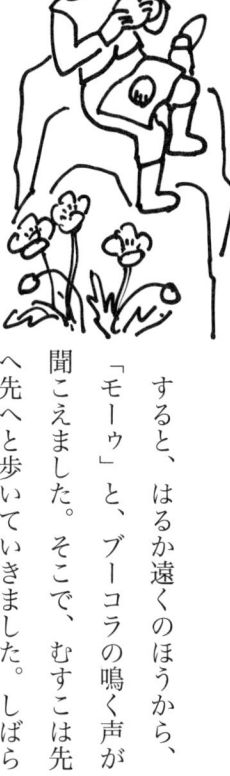

「ブーコラや、もし生きているんなら、モーとひと声鳴いておくれ」

するとどうでしょう。その岩山のすぐ下で、「モーゥ」と、ブーコラが鳴く声がしたではありませんか。

むすこはいそいで岩山をおりていきました。見ると、岩山に大きな穴《あな》があいています。その穴《あな》にはいっていってみると、ブーコラが太い柱《はしら》につながれていました。むすこはそのつなをほどくと、ブーコラを引っぱって家にむかいました。

ところが、しばらく行くと、

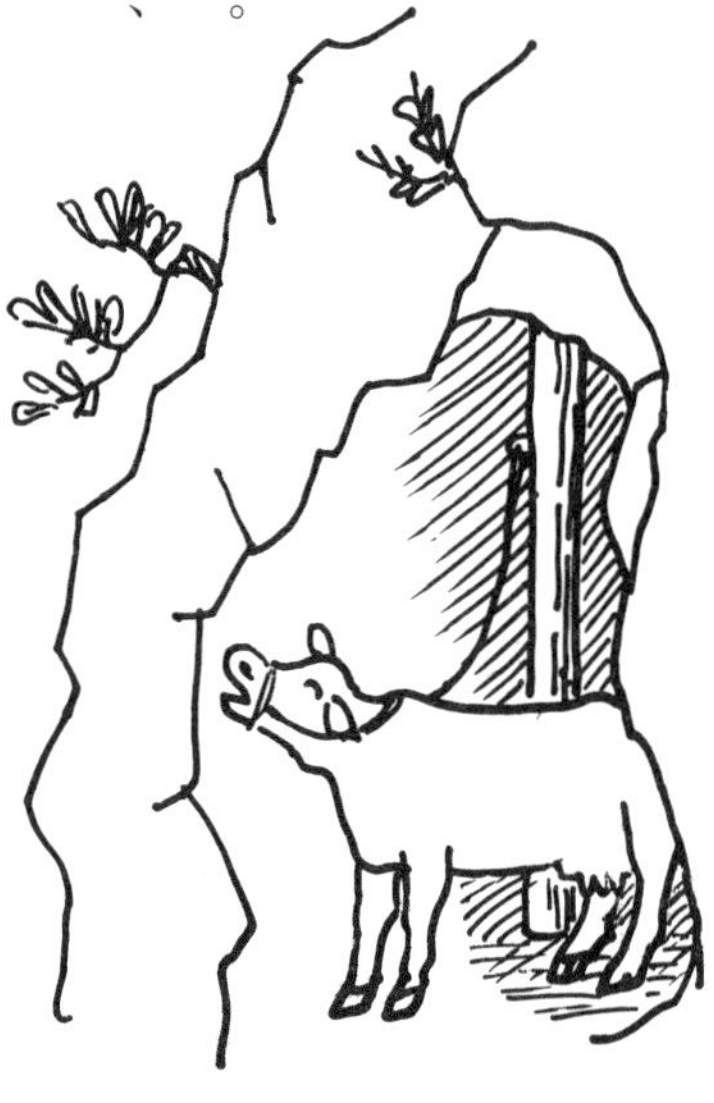

おそろしく大きな女のトロルが、もう少し小さいむすめトロルをつれて、追《お》いかけてきました。トロルたちはとても足がはやくて、むすこは今にもつかまりそうになりました。

「ブーコラはこたえました。

「ブーコラや、どうしよう」とむすこがいうと、ブーコラはこたえました。

「わたしのしっぽから毛を一本ぬいて、地面《じめん》においてごらん」

そこで、むすこがブーコラのしっぽから毛をぬいて地面《じめん》におくと、ブーコラはその毛にむかっていいました。

「空を飛《と》ぶ鳥でなければこえられない、大きな大きな川になれ」

すると、たちまち、その毛は大きな大きな川になりました。けれども、女トロルは川のそばまでやってくると、「なんだ、こんな川」といって、むすめトロルに、「むすめや、家へ帰って、父さんの大きな雄牛《おうし》をつれておいで」と、いいつけました。

むすめトロルは走っていったと思うと、すぐにとほうもなく大きい雄牛《おうし》を引っぱってきました。雄牛《おうし》はひと息《いき》で川の水を飲《の》みほしてしまいました。

それからトロルたちは、またどんどん追《お》いかけてきて、たちまち追《お》いつきそうになりました。それを見て、むすこはまたいいました。

「ブーコラや、どうしよう」

「わたしのしっぽからもう一本毛をぬいて、地面《じめん》においてごらん」

そこで、むすこがブーコラのしっぽから毛をぬいて土の上におくと、ブーコラはその毛にむかっていいました。

「空を飛《と》ぶ鳥でなければこえられない、もえさかる大きなまきの山になれ」

するとたちまちその毛は大きなまきの山になって、ぼうぼうもえあがりました。けれども女トロルは、まきの山のそばまで来ると、いいました。

「なんだ、こんなまきの山。さあ、父さんのあの雄牛《おうし》を、もう一度《ど》つれておいで」

むすめトロルは、また走っていって、大きな雄牛《おうし》をつれてきました、すると雄牛《おうし》は、さっき飲《の》んだ川の水をすっかりはき出して、たちまち火を消《け》してしまいました。

トロルたちは、またどんどん追《お》いかけてきました。今にもつかまりそうになったので、むすこがいいました。

「ブーコラや、どうしよう」

「わたしのしっぽから、もう一本毛をぬいて、地面《じめん》においてごらん」

むすこがいわれたとおりにすると、ブーコラはまたいいました。

「空を飛《と》ぶ鳥でなければこえられない、大きな大きな山になれ」

たちまちその毛は、見あげるばかりに高い山になって、そびえ立ちました。けれどもトロルは、そばまで来ると、いいました。

「なんだ、こんな山。さあ、いそいで父さんの大きいノミをもっておいで」

むすめトロルは、また走っていって、こんどは大きなノミをもってきました。女トロルは、そのノミで岩に穴《あな》をあけはじめましたが、さすがになかなかあきません。やっとのことで穴《あな》があいたところで、無理《むり》やり中へもぐりこみました。けれども、穴《あな》がせまくてつまってしまい、前にも後ろにも動けなくなってしまいました。そして女トロルは、とうとう石になってしまいました。

むすこは、そのあいだに、ブーコラをつれてぶじ家に帰りました。それを見て、おじいさんとおばあさんは、大よろこびしました。

わらべうた　ふたつ

ばか　かば　まぬけ

ばか
かば
まぬけ
へっぽこなす
かぼちゃ
すっぱ

すっぱ
みそっぱ
あんた　きらい
ふん！

ばか
かば
まぬけ
へっぽこなす

かぼちゃ
すっぱ
すっぱ
みそっぱ
あんた　すきよ
チュッ！

おてぶしてぶし

おてぶしてぶし
てぶしのなかに
へびのなまやけ
かえるのさしみ
いっちょばこやるから
まるめておくれ
いーや

「ばか　かば　まぬけ」

ひとさし指《ゆび》をあいてにむけて、歌にあわせて上下に大きくふり、「あんたきらい」で指《ゆび》をとめ、「ふん!」で顔を横上へ向《む》ける。二回目は、「チュッ!」でキスをするまねをする。大ぜいで輪《わ》になってやってもたのしい。

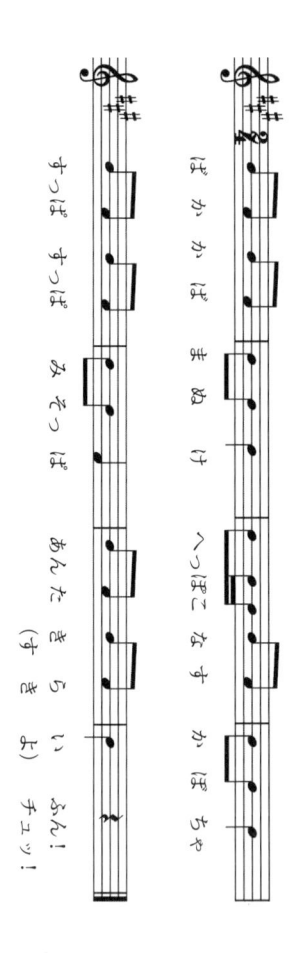

「おてぶしてぶし」

両手《りょうて》をあわせて、その中にビー玉やボタンなど小さなものを入れ、歌にあわせて左右にふる。歌のおしまいの「いーや」で、右か左のどちらかの手にかくし、どちらににぎっているかを当ててもらう。

楽譜は『いっしょにあそぼう　わらべうた　5歳児クラス編』コダーイ芸術教育研究所著（明治図書）より

腹《はら》のなかの小鳥の話

パナンペじいさんと、ペナンペじいさんがおりました。
パナンペじいさんが、ある日、山にこくわの実《み》をとりに行きました。

みなさんは、こくわの実《み》をごぞんじですか。こくわの実《み》は、しらくちというつる草になります。さるなしともいい、青いビー玉のような丸い実《み》で、食べるとたいへんあまくて、ちょっとしぶくて、とてもおいしいものです。

山は、秋晴れのすてきなお天気でした。パナンペじいさんは、こくわの実《み》を、つるをひきよせて、わき目もふら

ずに、かごにとったり、自分で食べたりしていました。

すると、どこからともなく、今までに一度《ど》も見たことのない、きれいな小鳥が飛《と》んできて、こくわのつるにとまりました。そして、パナンぺじいさんにむかって、

カニ　ツンツン
　ビイ　ツンツン
カニ　チャララ
　ビイ　チャララ

と、美《うつく》しい声でさえずりました。

パナンペじいさんは、すっかり感心《かんしん》して、

「こりゃ、たまげた。なんという鳥の神《かみ》さまだべえか」といって、手を合わせておがみました。

すると小鳥は、いっそう声をはりあげて、カニ、ツンツン、ビイ、ツンツンと、うたいました。それから、さもうれしそうに、つるをちょんちょんつたわってきて、感心《かんしん》しているパナンペじいさんの口のなかに、すぽっと飛《と》びこみ、すうっと、おなかのなかまでおりていきました。しかし、ふしぎなことに、じいさんは、べつになんともありませんでした。

やがて、パナンペじいさんは、こくわの実《み》をたくさんとって家に帰りました。ところが、家に帰って、ばあさんの顔を見ると、きゅうにおなかのなかが、もぞもぞとしてきました。そこで、パナンペじいさんがいいました。

「これ、ばあさんや、わしのおなかで小鳥を鳴かしてみせべえ」

ばあさんは、ばかばかしさに腹《はら》を立てて、

「これ、じいさんや、ばかこくでねえ。あんまりこくわの実《み》を食べて、おなかをこわしただべさ。わし、そんなもの聞きたくねえだよ」と、いいかえしました。

じいさんは、にこにこしながら、

「いやいや、ばあさんや、そうでねえ。まあ、ほれ、ほれ、このとおり」

といって、ひとふんばり、うんとりきむと、

カニ　ツンツン
　ビイ　ツンツン
カニ　チャララ
　ビイ　チャララ

と、おなかのなかから歌が聞こえました。ばあさんは、きもをつぶして、「あれ、まあ、じいさんや、おまえさんはお化《ば》けになっただか。こりゃ、こりゃ、どうしたことだんべえ」と、じいさんにたずねました。

そこで、パナンペじいさんは、山で小鳥をのんだことを話して聞かせました。

ばあさんは、そうかのう、そうかのうと、なんべんもうなずきながら、

「これ、じいさんや、そりゃあきっと、おまえさんのおなかをえらんで、鳥の神《かみ》さまがお宿《やど》をおとりになったのにちがいねえだ。大切にしてあげなせえよ」といいました。

それから、パナンペじいさんとばあさんは、毎日、おもしろいおなかの歌を聞きながら、いっしょにわらって、たいくつもしないで、たのしくくらしていました。

パナンペじいさんのおなかの歌の評判《ひょうばん》は、どんどん広まりました。そして、とうとう、お城《しろ》の殿《との》さままでとどきました。殿《との》さまは、

「そんなうわさは、かならずうそにちがいない。その者《もの》を召《め》しとって、

取《と》り調《しら》べてみよ。そして、うそをいいふらしているのだったら、ようしゃなく首を切りすてよ」と、おおせ出されました。それで、パナンペじいさんは、かわいそうに、殿《との》さまの家来《けらい》にしばられて、お城《しろ》につれていかれました。

お城《しろ》は、思ってみたこともないほど広くて、きれいで、りっぱでした。広間《ひろま》のいちだんと高いところに、殿《との》さまがすわって、その右と左に、ご家老《かろう》をはじめ、おおぜいの家来《けらい》しゅうが、星が流《なが》れるようにならんで、ひかえていました。そのまんなかに、パナンペじいさんがひき出されたのです。じいさんは、おそろしさにぶるぶるふるえて、ひれふしていました。

その背中《せなか》を、ご家老《かろう》がにらみつけながら、

「パナンペじいとやら、そのほうは、腹《はら》で小鳥が鳴くと、いいふらしているそうだが、それはいつわりであろう。人心《じんしん》をまどわす、ふらち者《もの》である。それとも、たしかに腹《はら》で鳴くともうすか」と、ひとひざのり出して、たずねました。

パナンペじいさんは、ますます、平《ひら》ぐものように平《ひら》たくなって、

「はい。うそではねえでごぜえます。わしでせえ、ふしぎに思ってますだが、ほんとに鳴くでごぜえますだ」

と、おそるおそるこたえました。

ご家老《かろう》は、

「うむ、しかとさようか。それなら、論《ろん》より証拠《しょうこ》、ここでためしてみよ」

と、命《めい》じました。

そこで、パナンペじいさんは、ふところに手を入れて、おへそのあたりをもみはじめました。もみながら、心のなかで、おなかの小鳥の神《かみ》さま、どうか首尾《しゅび》よく鳴いてくだせえと、けんめいに念《ねん》じました。すると、そのせいか、おなかのなかがもぞもぞしてきて、

カニ　ツンツン

ビイ　ツンツン

カニ　チャララ

ビイ　チャララ

と、おもしろいふしでうたいました。じいさんは、やれやれ、安心《あんしん》と、調子《ちょうし》づいて、うんとりきむと、もっと美《うつく》しく鳴き、またりきむと、もっと高らかにうたい、六たびも、それをくりかえしてお聞かせしました。

これには、殿《との》さまをはじめ、いならぶ人々は、ただ、ふうむ、ふうむと、うなずき合い、感心《かんしん》し合ってよろこびました。なかでも、殿《との》さまは、このほかのおよろこびで、

「みごと、みごと。ほうびになんなりと、そちののぞむものをとらすぞ」

と、おおせになりました。

こうして、パナンペじいさんは、たいへん面目《めんぼく》をほどこして、山ほどごちそうになり、山ほどごほうびをいただいて、わが家に帰りました。

このうわさが、いつかペナンペじいさんの耳にはいりました。そこで、ペナンペじいさんは、うわさがほんとうかどうかを、たしかめてみようと、パナンペじいさんのところへ出かけていきました。パナンペじいさんは、よろこんで、手をとってむかえ、

「おお、ペナンペじいさん、よく来なすっただ。ひさしぶりで、ごはんでもいっしょに食べながら、どうして、わしがこんな長者《ちょうじゃ》になっただか、わけを聞かしてあげるべえ。そうしたら、おまえさんも、そのとおりに

して、長者《ちょうじゃ》になるがええだよ」と、親切にいいました。

しかし、ペナンペじいさんは、部屋《へや》のなかに、いっぱいにかざられた宝物《たからもの》を見て、

「今まで、わしとおんなじに貧乏《びんぼう》だったのに、パナンペじいのやつ、けしからねえだ。わしが先にしようと思っていたことを、だまってやって、けしからねえだ」と、ひとりでぷんぷんおこって、話も聞かずに帰ってしまいました。そのうえ、腹立《はらだ》ちまぎれに、入り口の敷居《しきい》に、おしっこをひっかけていきました。

その日から、ペナンペじいさんは、

「わしのおなかに、小鳥の神《かみ》さまが宿《やど》って、鳴きなさるだ。パナンペじいさんよりも、ぐんと、いい声で鳴きなさるだ」と、自分から、里じゅうにふれて歩きました。うわさはどんどん広まって、殿《との》さまのもとまでとどきました。殿《との》さまは、前に聞いたよりも、もっとうまく鳴かすというひょうばんなので、ご家老《かろう》をよばれて、

「ペナンペじいとやらを城《しろ》によんで、ためしてみるがよいぞ」と、おおせられました。それでさっそく、ペナンペじいさんのところに、お召《め》しの使《つか》いが行きました。ペナンペじいさんはよろこびいさんで、お城《しろ》に出かけました。

お城《しろ》は、思ってみたこともないほど広くて、きれいで、りっぱでした。

広間《ひろま》のいちだんと高いところに、殿《との》さまがすわって、その右と左に、ご家老《かろう》をはじめ、おおぜいの家来《けらい》しゅうが、星が流《なが》れるようにならんで、ひかえていました。ペナンペじいさんは、そのまんなかに平伏《へいふく》しながら、ものめずらしさに、あたりをきょろ、きょろ、ながめていました。

ご家老《かろう》が、やさしく声をおかけになりました。

「ペナンペじいとやら、遠い道をわざわざごくろうであった。おなかもすいたであろうから、まず、なんなりと、のぞむものを食べて、つかれをなおすがよいぞ」

そして、いろいろのごちそうや、お酒《さけ》が、ペナンペじいさんの前に運《はこ》ばれました。ペナンペじいさんは、

すっかりよろこんでしまい、たくさん食べたら食べるほど、おなかが美《うつく》しい声でうたうだろうと、ひとりで決《き》めて、手あたりしだいに、なんでもかんでも、むしゃむしゃ食べ、お酒《さけ》をがぶがぶのみました。そのうちに、おなかがたるのようにふくれて、身動《みうご》きができなくなりました。

ころを見はからって、ご家老《かろう》は、

「さて、ペナンペじいとやら、殿《との》さまも、先ほどからお待《ま》ちかねである。そろそろ、腹《はら》の小鳥をうたわしてみるがよいぞ」と、さいそくされました。

ペナンペじいさんは、

「はい、それではさっそく、鳴かせにかかりますだ」とこたえて、ふと

ころに手をさし入れ、おもむろに、おへそのあたりをもみはじめました。

しかし、おなかはいっこうに、うんとも、すんとも、うたってくれません。

「それ、まだか、はやく鳴かせよ」

と、殿《との》さまもさいそくなさいました。

さすがに、ペナンペじいさんも気が気でなくなって、けんめいにおへそに力をこめて、うむ、うむ、とりきみましたが、出るのは、ひたいの汗《あせ》だけです。殿《との》さまとご家来《けらい》は、ますます、まだか、まだかと、せき立てられます。ペナンペじいさんは、いよいよ気がもめます。それで、とうとう、じいさんが力を入れすぎて、りきんだとたんに、

ボゥン、ボゥン

という、へんな鳴き声がしました。

そして、たちまち、部屋《へや》じゅうが

くさくなりました。

殿《との》さまは、たいへんおおこりになって、

「ふらち者《もの》め。たれか、召《め》しとって牢屋《ろうや》に入れるがよい」と、おおせになりました。

ペナンペじいさんは、びっくりぎょうてん、あわててにげだそうとしましたが、おおぜいの家来《けらい》しゅうに、すぐにとらえられ、なわでしばりあげられてしまいました。

おやふこうなあおがえる

むかし。おっかさんのあおがえると、そのむすこのあおがえるが、すんでいました。

むすこのあおがえるは、たいそうおやふこうで、おっかさんが、

「きょうは、いい天気だね」というと、「ふん、いやな天気だね」といいます。

「山へ行っといで」というと、川へ行きます。

そんなふうで、ただの一度《ど》もおっかさんのいうことを、すんなりと聞いたことがありませんでした。

そのうち、おっかさんのあおがえるは、病《びょう》

気《き》になりました。

「わたしは、もうすぐ死《し》ぬだろう」おっかさんのあおがえるは考えました。

「お墓《はか》はどこにつくってもらおうかしら。なにしろ、この世《よ》の中で、お墓《はか》くらい大切なものはないんだからね」

おっかさんは、なんとしても、山にうずめてもらいたいと思いました。けれど、きっと、そういえば、むすこのあおがえるは、ぎゃくに川にお墓《はか》をつくるにちがいありません。

そこで、おっかさんは、わざと反対《はんたい》のこと

をむすこにいいました。

「わたしが死《し》んだら、川のそばにお墓《はか》をつくっておくれ。山はいやだよ。わかったね」

そういうと、じきに、おっかさんのあおがえるは、死《し》んでしまいました。

おっかさんに死《し》なれて、むすこのあおがえるは、はじめてすまなかったと思いました。

「どうして、今までおっかさんのいったとおりにしなかったのだろう。反対《はんたい》のことばかりしてきた……」

むすこのあおがえるは、せめて、おっかさ

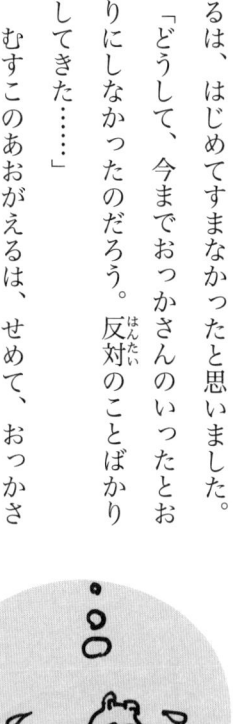

んが最後《さいご》にいったことだけは、守《まも》ろうと思いました。

そして、おっかさんを川のそばにうずめ、お墓《はか》をつくりました。

やがて、梅雨《つゆ》がきました。毎日、毎日、雨がふりました。むすこのあおがえるは、いてもたってもいられません。

「川の水がふえて、お墓《はか》が流《なが》れたらどうしよう」

あおがえるのむすこは、空をあおいで鳴きました。それで今でも、あおがえるは、梅雨《つゆ》になると、かなしい声で鳴くのです。

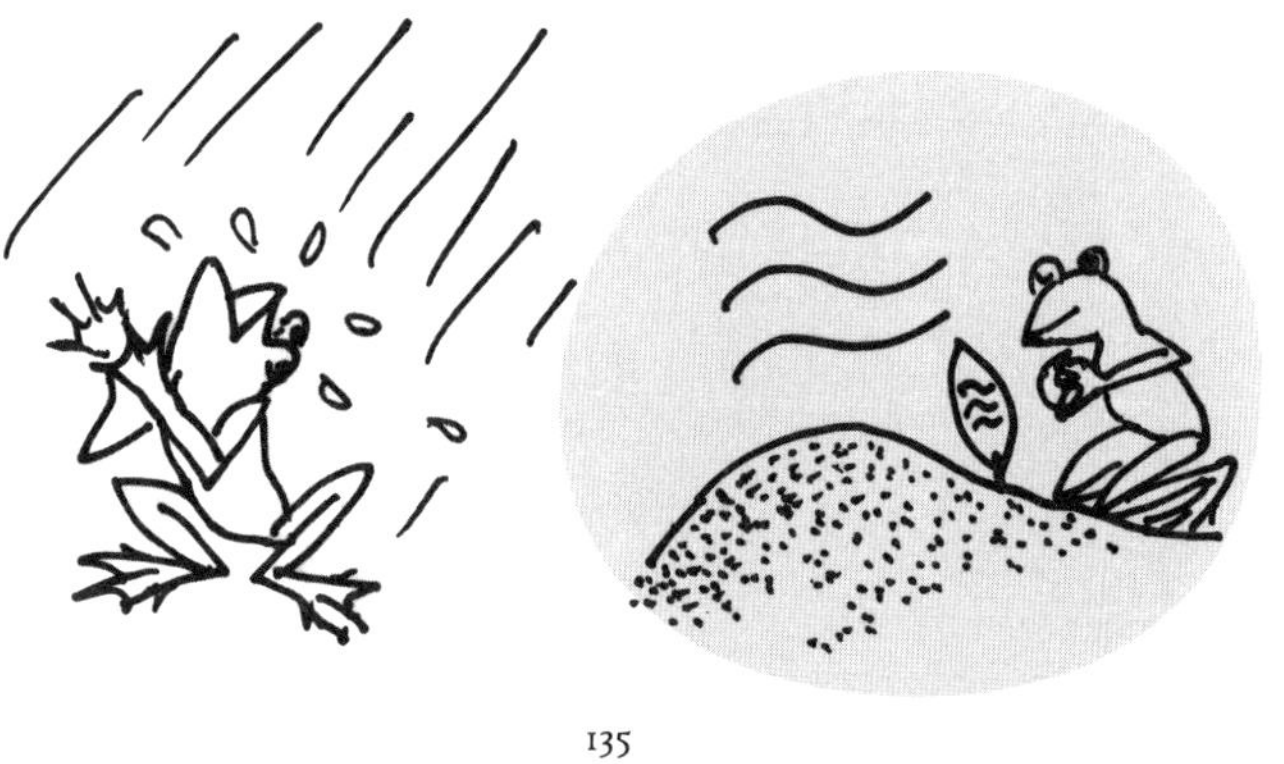

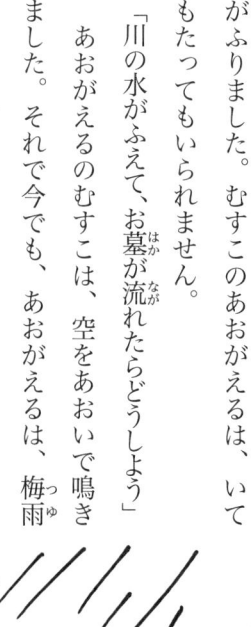

九人の兄さんをさがしにいった女の子

むかしむかし、あるところに、男とおかみさんがいて、ふたりには、むすこが九人ありました。でも、むすめはひとりもいませんでした。

ある日のこと、男の子たちは、家の仕事《しごと》をしながら、妹がほしいなあ、と話しはじめました。そこで、一番上の兄さんがお母さんのところへいって、

「こんど妖精《ようせい》がうちに子どもをつれてくるときは、おねがいだから女の子にしてもらってよ」

と、たのみました。

お母さんは、これを聞いても、

なにもいいませんでした。ただにっこりしただけでした。ほかの男の子たちは、一番上の兄さんからこの話を聞くと、お母さんは、ぼくたちのいうことを聞いてくれないんだといって、おこりました。そして、一番上の兄さんは、またお母さんのところへもどっていって、いいました。

「ぼくたちみんなで相談《そうだん》して家を出ることにしたよ。もし、お母さんが妹をつれてくるように妖精《ようせい》にたのんでくれないなら、ぼくたちもう二度《ど》とうちへはもどってこないからね」

お母さんは、これを聞いて、こまったような顔をしました。でも、約《やく》束《そく》はしてくれませんでした。そこで、兄さんはいいました。

「ぼくたち、決《き》めたことがあるんだ。それをお母さんにいっておく。もし、こんど来たのが女の子だったら、玄関《げんかん》の戸のわきに、糸巻《ま》きをおいておくれ。もし、男の子だったら、斧《おの》をおいておくれ。ぼくたちのだれかが、そのしるしを見にもどってくるから。そして、もし女の子だったら、ぼくたちはみんなもどってきて、お父さんやお母さんが年をとったとき、めんどうを見てあげる。でも、もし男の子なら、ぼくたちはもう二度《ど》とうちに帰ってこないからね」

さて、数週間たって、妖精《ようせい》が、この家にもうひとり赤《あか》ん坊《ぼう》をつれてきました。こんどは女の子でした。お母さんは、大よろこびで、玄関《げんかん》の戸のわきに、糸巻《ま》きをおきました。

ところが、夜のうちに、ひとりの女の鬼《おに》がやってきて、糸巻《ま》きを斧《おの》にかえてしまいました。一番上の兄さんは、しるしを見に帰ってきました。そして、斧《おの》を見ると、弟たちのところにもどっていって、こんどもやっぱり男の子だったといいました。

この日から、九人の兄弟たちは、ばったり姿《すがた》を見せなくなり、うわさも聞かなくなりました。

いっぽう、赤《あか》ん坊《ぼう》はビエノと名づけられ、まるで、ひとりっ子のように、育《そだ》てられました。

ビエノが年頃《としごろ》のむすめになったある日、お母さんは、はじめてビエノに、いなくなった九人の兄さんのことを話しました。そして、戸のわきにおいておいた糸巻《ま》きが斧《おの》にかわっていたこと、それは性悪《しょうわる》な鬼《おに》のしわざにちがいないことを話しました。

この話を聞くと、ビエノは泣《な》きだしました。お母さんがどんなにさびしかったろうと思うと、かわいそうでたまらなかったし、自分のお兄さんがいなくなったと思うと、かなしくてたまらなかったのです。お母さんは、ビエノをなぐさめようとしました。けれども、ビエノはそうされればされるほど、よけい泣《な》きました。

とうとう、お母さんは、ビエノの涙《なみだ》をつぼにためることにしました。そして、つぼがいっぱいになると、涙《なみだ》で粉《こな》をねって、大きな丸いパンをつくりました。パンのまん中はへこませて穴《あな》をあけました。パンが焼《や》きあがると、お母さんは、ビエノにいいました。

「ビエノや、涙《なみだ》をおふき。泣《な》くかわりに、だれかたよりになる道づれを見つけて、その人といっしょに広い世界《せかい》へ兄さんたちをさがしにいっておいで」

さて、ビエノは、前からピルッカという名の小さなブチの犬をかっていて、その犬をとてもかわいがっていました。

「お母さん、わたし、ひとりで兄さんたちをさがしにいくわ。旅《たび》には、ピルッカをつれていく。ピルッカはたよりになる犬だもの。ピルッカ以《い》上《じょう》の道づれはいやしないわ」

お母さんは、はじめは心配《しんぱい》しましたが、とうとう、では、いっておい

でといいました。ビエノはピルッカをつれ、お母さんが自分の涙《なみだ》でつくってくれたパンをもち、長い旅《たび》へと出かけました。うちを出ると、ビエノは、まず自分の前に丸いパンをおき、それにむかっておまじないをとなえました。

ヴィエレ　ヴィエレ　カッカラニ
ころがれ　ころがれ　丸いパン
わたしの九人の兄さんを
わたしのところに　つれてきて

　かあさんも　わたしもあいたいの

まじないの歌はききめがありました。丸いパンはころがりはじめ、ビエノとピルッカはそのあとを追《お》いました。

まだいくらもいかないところで、ふたりは女の鬼《おに》に出会いました。ビエノが生まれたとき、糸巻《ま》きを斧《おの》にかえたあの鬼《おに》でした。

鬼《おに》はビエノに声をかけました。

「かわいいむすめさんや、わたしもいっしょに旅《たび》をしてもいいかね？」

ビエノは、この人を知りませんでしたが、こわい気がしました。

ピルッカは、ウウーッとうなりました。けれども、鬼《おに》は、それにはかまわず、ビエノとならんでいっしょに歩きだしました。

ふたりは、長い道をどんどん歩いていきました。歩きつかれて、ビエノの足が、なまりのように重《おも》くなったとき、目の前にキラキラとかがやく湖《みずうみ》が見えました。

「水に足をひたして、いたむ足を休めようじゃないか。おまえは、ひどくつかれたように見えるよ」

ビエノは、すぐにも湖《みずうみ》に足をひたそうとしました。けれども、ピルッカがウウーッとうなっていいました。

「水に近づいてはいけません、ご主人《しゅじん》さま。水にはいったら、鬼《おに》に魔《ま》法《ほう》をかけられます」

ビエノは、ピルッカのいうことがわかりました。そこで、鬼《おに》にいいました。

「いいえ、わたしはちっともつかれてなんかいない。このまま旅《たび》をつづけるわ。あなたは、ここで休んでいったらいいわ」

鬼は、ピルッカに腹《はら》を立てました。腹立《はらだ》ちまぎれに思いきりピルッカを足でけっとばしたので、ピルッカの後足が一本おれてしまいました。

ビエノは、かなしくて、泣《な》きたくなりました。でも、泣《な》くかわりにもう一度《ど》、おまじないをくり返《かえ》しました。

ころがれ　ころがれ　丸いパン
わたしの九人の兄さんを
わたしのところに　つれてきて
かあさんも　わたしもあいたいの

丸いパンはころがりはじめ、ビエノと鬼《おに》は、ならんでそのあとについていきました。かわいそうなピルッカは、三本足ではねながら、ふたりのあとからついてきました。

何時間もたって、みんなはまたキラキラ光る湖《みずうみ》につきました。

「おまえ、きっとひどくくたびれておいでだろ。さあ、水浴《みずあ》びをして、

元気をとりもどそうじゃないか」と、鬼《おに》はいいました。

ピルッカがうなり声をあげていいました。

「水にはいっちゃいけません、ビエノ。はいったが最後《さいご》、鬼《おに》に魔法《まほう》をかけられます」

ビエノは、犬の忠告《ちゅうこく》にしたがいました。

鬼《おに》は、前の二倍《ばい》も腹《はら》を立てました。そして、また、かわいそうなピルッカを思いきりけりました。こんどは、前足が一本おれました。

「これでおまえもくたばるさ、このじゃまなやつ」と、鬼《おに》はいいました。

ビエノは、涙《なみだ》をふきました。そして、まっすぐ前を見て、もう一度《ど》まじないのことばをくり返《かえ》しました。

ころがれ　ころがれ　丸いパン
わたしの九人の兄さんを
わたしのところに　つれてきて
かあさんも　わたしもあいたいの

かわいそうにピルッカは二本足になっても、とびながらビエノについていきました。そして、

「たとえわたしが死《し》んでも、けっしてあの女といっしょに水にはいらないでください。きっと魔《ま》法《ほう》をかけられてしまいますからね」と、いいました。

三《み》たび、すずしげな湖《みずうみ》が見えてきました。鬼《おに》はいいました。

「わたしの足は、豆《まめ》ができていたい。むすめさん、あんたもつかれているにちがいない。ほんのしばらく休むとしよう。そうすれば水浴《みずあ》びできるから」

けれど、ビエノは、ピルッカのことばをおぼえていたので、足をひきずりひきずり、パンのあとについていきました。鬼《おに》は、前の三倍《ばい》も腹《はら》を立て、腹立《はらだ》ちのあまり、呪文《じゅもん》をかけて、その場でピルッカを消《け》してしまいました。かわいそうにピルッカは、土ぼこりの中に消《き》えてしまいました。

「さて、これでよし、と」と、鬼《おに》はつぶやきました。

つぎの湖《みずうみ》についたときに、ビエノはとてもつかれて、からだがほてってたまらなかったので、なにもかも——ピルッカの忠告《ちゅうこく》さえ——わすれてしまいました。

「ほんのしばらく、冷《つめ》たい水で足をひやしたとて、わるいことにはなるまいよ」と、鬼《おに》はいいました。

こんどは、ビエノもそのとおりにしました。

「おまえさん、わたしに水をかけておくれ、わたしもおまえに水をかけてあげるから」

ビエノは気がすすみませんでした。けれども鬼《おに》は、あまい口調《くちょう》でビエノをさそいました。

そこで、とうとうビエノは、両手《りょうて》で水をすくって、パシャッと鬼《おに》にかけました。鬼《おに》はお返《かえ》しにビエノに水をかけました。

それからしばらくして、鬼《おに》はくり返《かえ》し呪《のろ》いのことばをとなえました。

おまえのからだを　わしに
わしのからだを　おまえに

と、たちまち、鬼《おに》は、わかくて美《うつく》しいむすめになり、ビエノは年をとって、日に焼《や》け、みにくい老婆《ろうば》になりました。

それから鬼《おに》は、ビエノの舌《した》にも呪文《じゅもん》をかけ、このことをだれにも話すことができないようにしてしまいました。

鬼《おに》とビエノは、また旅《たび》をつづけることになりましたが、こんど呪文《じゅもん》をとなえたのは、鬼《おに》でした。

ころがれ　ころがれ　丸いパン
わたしの九人の兄さんを
わたしのところに　つれてきて
かあさんも　わたしもあいたいの

それからまもなく、涙《なみだ》の丸パンはころころころがって門をくぐりぬけ、ある家の庭《にわ》へはいっていきました。その家には、ビエノの九人の兄さんたちが住《す》んでいたのです。

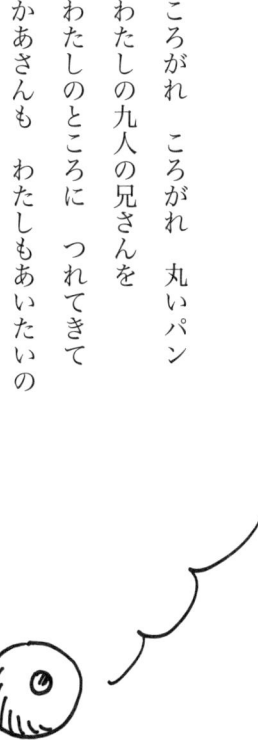

ビエノに化《ば》けた鬼《おに》は、丸パンをパッとつかまえると、それをさし出して見せました。

九人の兄さんたちが家から出てきて、

「あなたはだれ？　どんな遠い国から来たの？」と、聞きました。

みにくい老婆《ろうば》にされたビエノは、くちびるを動《うご》かしてこたえようとしました。でも、声は出ませんでした。

わかくて美《うつく》しいむすめの姿《すがた》をした鬼《おに》はいいました。

「ごきげんよう、お兄さん。まだ会ったことはなかったけれど、わたしは、あなたたちの妹です」

「だが、家の戸には斧《おの》がおいてあったんだよ」と、一番上の兄さんがいいました。

「お母さんは糸巻《ま》きをおいたんです。でも、夜中にわるい鬼《おに》がやってきて、糸巻《ま》きを斧《おの》にかえたんです」と、ビエノに化《ば》けた鬼《おに》はつづけました。

「大きくなったとき、お母さんが、お兄さんたちが、だまされて、どこかへ消《き》えたことを話してくれたのです。わたしは、お兄さんたちをさがしにいかせてほしいと、お母さんにたのみました。わたしはとてもさびしくて、泣《な》きに泣《な》きました。その涙《なみだ》をつぼに集《あつ》め、その涙《なみだ》で、お母さんがこのパンを焼《や》いてくれたんです。この丸いパンは、わたしの先に立って、ころころころがって、ここまでわたしをつれてきてくれたのです」

兄さんたちは、このことばを信《しん》じました。そして、むすめをうちの中へ入れ、本当の妹をもてなすように、ていねいにもてなしました。

「けど、またなんでこんなにみにくいばあさんをいっしょにつれてきたんだね？」と、一番上の兄さんが、ビエノを指《ゆび》さしながら聞きました。

「野原で兄さんたちの牛の番をするのにちょうどいいんじゃないかと思ったんです」と、鬼《おに》はこたえました。

兄さんたちは、それを聞いてなっとくしたので、もうそれ以上《いじょう》なにも聞きませんでした。

まもなく、鬼《おに》は、すき勝手《かって》に家をとりしきるようになりました。ところが、ビエノのほうは、かわいそうに、たったひとりで、朝早くから夜おそくまで、雨の日も、風の日も、暑《あつ》い日照《ひで》りのときも、野原に出てはたらかなければなりませんでした。

毎朝、鬼《おに》はビエノを川までつれていき、呪文《じゅもん》をといて舌《した》が動《うご》くようにしてくれました。牛をよび集《あつ》めるのに声が出ないとこまるからです。けれども、夕方ビエノが家にもどる前に、もう一度《ど》、呪文《じゅもん》をかけて、舌《した》を動《うご》かなくしてしまいました。

鬼《おに》は、ビエノのくつの中にとげのついた実《み》を入れたり、パンの中に石を入れたり、ありとあらゆるいじわるをしました。

ビエノは、牛の番をしているあいだ、自分でつくった歌をうたいました。

それは、自分の身《み》にふりかかったかなしいできごとをうたったものでした。

このようにして、時はすぎていきました。そして、時とともにビエノのかなしみはますばかりでした。

ある日のことです。ビエノがいつものようにかなしい身《み》の上をうたっていると、牧場《まきば》のはずれでまき割《わ》りをしていた一番下の兄さんの耳に、この歌が聞こえてきました。そよそよとふいてきた風が、ビエノの歌をはこんできたのです。

兄さんは、はじめ、牛番の女が、牛に話しかけているのかと思いました。でも、とぎれとぎれに聞こえてくる歌の文句《もんく》をふしぎに思った兄さ

んは、ほかの兄さんたちをよんで、いっしょに聞くようにいいました。
兄弟たちは来て、耳をすましました。

クレ　パイヴァ　クウシコッレ
ヴィエレ　クウシ　コイヴィコッレ

とべよ　とべ、かがやく日
とんで　モミの森にはいれ
シラカバの林を　すべりぬけ
牧場《まきば》の上を　とびこえて
牛番のむすめを　家まで無事《ぶじ》にはこんでいけ

とべよ　とべ、かがやく日
鬼《おに》は　わたしを苦《くる》しめる
わたしのパンに　石を入れ
わたしのナイフを　なまくらにし
わたしの　口をきけなくし
わたしを　みすぼらしくしてしまった
とべよ　とべ、かがやく日
ころがれ　ころがれ　涙《なみだ》の丸パン
わたしの九人の兄さんを
わたしのところに　つれてきて
かあさんも　わたしもあいたいの

兄弟たちは、牛番の女をよんで、

「おまえは、牧場《まきば》ではうたうのに、家ではなにもいわないのはどうしてだね」と、聞きました。すると、女はこたえていいました。

「わたしは、本当の妹です。あなたが家においている女は、鬼《おに》です。何年も前、あの女は、お母さんが玄関《げんかん》の戸のわきにおいた糸巻《ま》きを、斧《おの》にかえて、お兄さんたちをだましました。そして、わたしが涙《なみだ》のパンのあとについて、お兄さんたちをさがしていたとき、わたしのからだをとって、その中にはいり、自分のからだにわたしを入れてしまったのです。あいつはわたしにまじないをかけて、昼間ここで牛の番をしているときだけは、ものがいえるようにしてくれるけれど、夕方になると、川でわたしを待《ま》っていて、本当のことがいえないように、してしまうんです」

これを聞いて、兄さんたちはとても腹《はら》を立てました。

「にくい鬼《おに》め、仕返《しかえ》しをしてくれる。だが、まず、おまえにかけられているまじないをといて、おまえのもとの美《うつく》しいからだをとりもどさなければならない。あしたの昼、牧場《まきば》に牛をのこしてうちへ帰っておいで。そのとき、両手《りょうて》で目かくしをするんだよ。そして、うちについたら鬼《おに》に、目がいたくて、お日さまの照《て》っているところでは、目があけられないとおいい。ぼくたちは、みなそこにいて、まじないをとく助《たす》けをするよ」

つぎの日、ビエノは、いわれたとおり、お昼に帰ってきました。鬼《おに》は、ごはんをテーブルの上にならべるのに一所懸命《いっしょけんめい》で、むすめのはいってくるのに気がつきませんでした。けれども、きゅうにむすめが目の前にあらわれたのを見て、

「なんで、まっぴるまに帰ってきたんだい?」と、どなりました。

「お日さまがまぶしくて、目があけられないの」と、ビエノはいいました。

そこへ兄さんたちも帰ってきて、テーブルにつき、どうして牛番の女が昼間牛を牧場《まきば》にはなしたまま帰ってきたんだ、と聞きました。

「目がいたいんです」と、ビエノはいいました。

「こいつの目に水をかけて、牧場《まきば》へ帰しておしまい」と、一番上の兄さんが鬼《おに》にいいました。

鬼《おに》はビエノが自分のほうを見ていないときをねらって、顔に水をかけました。

けれども、ビエノは用心ぶかくこのときを待《ま》っていました。そして、その瞬間《しゅんかん》すばやくとなえました。

「わたしのからだはわたしに、おまえのからだはおまえに」

まじないはうまくいきました。

ビエノは、ふたたびもとの美《うつく》しい自分にもどりました。反対《はんたい》に、鬼《おに》は、年とり、日に焼《や》けて、みにくくなりました。

兄弟たちは、テーブルからと

びあがって鬼《おに》をつかまえようとしました。

けれども鬼《おに》は戸口をすりぬけてにげていきました。一番上の兄さんは、鬼《おに》にむかってさけびました。

「二度《ど》ともどってくるな、もどったら命《いのち》はないぞ」

そのあと、ビエノと兄さんたちは、うちへ帰り、これまでのことをのこらずお父さんとお母さんに話しました。それからというもの、みんなは、いつまでも幸《しあわ》せにくらしました。

あとがき

「おはなしのろうそく」は、東京子ども図書館が一九七三年以来、長年にわたって刊行しつづけているお話集です。東京子ども図書館では、子どもたちに素朴な形でお話を語ることを大切にしてきました。お話は、それ自体たのしいものですが、そのたのしさを通して、子どもたちは、本を読むのに必要なことばの力や想像力、文学を味わいたのしむための基本的な知識や感覚を自然に身につけていくことができます。

「おはなしのろうそく」には、わたしたちが館での「おはなしのじかん」や、訪問先の学校や保育園、児童館などで、実際に子どもたちに語って喜ばれた話、語り手であるわたしたち自身も語ってみてたのしいと感じた話を四、五編選び、そのときどきになぞなぞ、わらべうた、ことば遊び、手遊びなども加えて一冊にまとめてあります。図書館員や学校、幼稚園、保育園の先生たちが、通勤の往き帰りにちょっと開いておぼえることができるようにと、ページ数は四十八ページにおさえ、大きさもてのひらにすっぽりおさまるA6判にしました。

形のかわいらしさと、収録したお話のおもしろさで、この「おはなしのろうそく」シリーズは、多くのみなさんからたいへんご好評をいただいています。

「おはなしのろうそく」は、本来子どもたちから「お話して」とせがまれたとき、それに応えるためのおとな向けの冊子として編まれたものでしたが、図書館などで子どもたちにも人気があって、よく借り出されるようになり、子ども版の「おはなしのろうそく」を出してほしいという要望を受けるようになりました。それならば、活字も大きくし、ふりがなもつけ、さし絵の数も多くして、子どもたちが手に取るのにふさわしい造りにしたものをと考えてつくったのが、この愛蔵版です。

愛蔵版は、もとの小冊子の二冊を合本して構成しています。『雌牛のブーコラ』は、もとの「おはなしのろうそく」の23と24をあわせたもので、愛蔵版としては十二冊目になります。これまでに刊行された十一冊は、一九九七年刊行の『エパミナンダス』にはじまり、『なまくらトック』『ついでにペロリ』『ながすね ふとはら がんりき』『だめといわれてひっこむな』『ヴァイノと白鳥ひめ』『雨のち晴』『赤鬼エティン』『ホットケーキ』『まめたろう』『ティッキ・ピッキ・ブン・ブン』です。大社玲子さんのさし絵が、巻を追うごとに生彩を増し、文字通り子どもたちに、〝愛蔵〟してもらえるたのしい本になってきたと自負しています。

わたしたちの願いは、おとなも子どもも、できるだけ多くの方が、これを手に取ってくださること、そしてお話をたのしんでくださることです。それぞれの巻の中に、小さい人向き、大きい人向き、昔話、創作のお話といろんなお話がふくまれているので、どの一冊にもきっとお気に入りのお話がひとつは見つかると思います。おとなと子どもがいっしょに読んでくだされば、なおうれしい。どうか、たくさんの家族が、この本でたのしい時間をすごしてくださるよう祈っています。

公益財団法人 東京子ども図書館

松岡享子

collection of Peter Christen Asbjørnsen and Jørgen Moe,translated by George Webbe Dasent, Dover Publications, NewYork

雌牛のブーコラ　アイスランドの昔話　内藤直子訳
原題：“Die kuh Bukolla”
参考資料：*Isländische volksmärchen,* übersetzt von Hans und Ida Naumann, Eugen Diederichs, Jena

わらべうた　ふたつ
出典：コダーイ芸術教育研究所著『いっしょにあそぼう　わらべうた　５歳児クラス編』明治図書

腹のなかの小鳥の話
アイヌの昔話　金田一京助、荒木田家寿再話
出典：金田一京助、荒木田家寿著『アイヌ童話集』東都書房、角川書店

おやふこうなあおがえる
朝鮮の昔話　東京子ども図書館編
参考資料：任 東権著　熊谷 治訳『韓国の民話』雄山閣出版

九人の兄さんをさがしにいった女の子
フィンランドの昔話　松岡享子訳
原題：“The girl who sought her nine brothers”
出典：*Tales from a Finnish tupa*,by James Cloyd Bowman and Margery Bianco, Albert Whitman & Company, Chicago

著訳者および出典一覧

マッチ売りの少女
ハンス・クリスチャン・アンデルセン作　荒井督子訳
原題：“The little match-seller”
出典：*Fairy tales,* by Hans Christian Andersen, translated by
R. P. Keigwin, Flensted Odense

鳥になりたかったこぐまの話
アデールとカトー・ド・レェーエフ作　中尾 幸訳
原題：“The bear who wanted to be a bird”
by A. & C. de Leeuw
出典：*Tell me a story*, selected by Eileen Colwell,
Penguin Books, Harmondsworth

絵姿女房　日本の昔話　関敬吾再話　松岡享子編
出典：アジア地域共同出版計画編集委員会編
ユネスコ・アジア文化センター企画
『アジアの昔話 2』福音館書店

コヨーテとセミ　北米先住民の昔話　小林いづみ訳
原題：“Coyote & locust”
出典：*Coyote & ; native American folk tales*, retoled by
Joe Hayes, Mariposa Publishing, Santa Fe

海の水はなぜからい
ノルウェーの昔話　伊藤悦子訳　東京子ども図書館編
原題：“Why the sea is salt”
参考資料：*East ó the sun and west ó the moon*, from the

29… ウサギとオオカミ（北米先住民の昔話） 馬の首（ロシアの昔話） 月曜、火曜、水曜日（創作） ボルカの冒険（創作）

30… まぬけなトッケビ（韓国の昔話） 魔法のかさ（創作） 明かりをくれ！（スペインの昔話） ネズミの大てがら（チベットの昔話） ネコのお客（創作）

31… いぬとにわとり（創作） てあそび ウサギどん キツネどんとタールぼうず（アメリカの昔話） アガリパトルマバカ アズとフムカジの話（沖縄の昔話） カッパと瓜（日本の昔話） 名人四人きょうだい（グリム昔話）

32… しゃれこうべ（チロルの昔話） 行けざんざんの梨（日本の昔話） ヘビのうらみ（朝鮮の昔話） おばけのかぞえうた（創作） いかけ屋と幽霊（スペインの昔話）

33… ものいうたまご（ヨーロッパから伝わったアメリカの昔話） ひねくれもののエイトジョン（アフリカ系アメリカ人の昔話） ウィリーと魔法使い（アフリカ系アメリカ人の昔話） 世界一のペンキ屋さん（アメリカのほら話） 小さなこげた顔（プエブロ族の昔話） 白い石のカヌー（オジブワ族の昔話）

6. ヴァイノと白鳥ひめ

ISBN 978-4-88569-055-6

世界でいちばんきれいな声／三まいの鳥の羽／むこうのお山／せみになった坊さま／小話二題／ヴァイノと白鳥ひめ／オンドリとネズミと小さい赤いメンドリ／瓜こひめこ／ルンペルシュティルツヘン／ぼくそっくりの／やもめとガブス

7. 雨のち晴

ISBN 978-4-88569-056-3

こすずめのぼうけん／ぬか福と米福／北風に会いにいった少年／雨のち晴／おどっておどって ぼろぼろになったくつ／天福 地福／チモとかしこいおひめさま／ねこさん、ねこさん／森の中の三人のこびと／ブタ飼い

8. 赤鬼エティン

ISBN 978-4-88569-057-0

四人のなまけ者／ホレおばさん／犬と猫とうろこ玉／ガチョウおくさんのおふろ／コンコンさま／赤鬼エティン／腰折れすずめ／清水の観音さま／おばあさんのひっこし／ふたりのあさごはん／アナンシの帽子ふりおどり／鳴いてはねるヒバリ

9. ホットケーキ

ISBN 978-4-88569-058-7

かにかに、こそこそ／ならずもの／王子の夢／ライオン狩り／ねこっ皮／ねずみのすもう／オオカミと七ひきの子ヤギ／ホットケーキ／すずめ、すずめ、／番ねずみのヤカちゃん

10. まめたろう

ISBN 978-4-88569-059-4

小犬をひろってしあわせになったじいさんの話／まめたろう／森の家／ねんねこ小山の白犬コ／金の髪／クナウとひばり／スズメとカラス／一で糸屋のおまきさん／こねこのチョコレート／鉄のハンス

11. ティッキ・ピッキ・ブン・ブン

ISBN 978-4-88569-060-0

ネコとネズミ／まのいいりょうし／鳥になった妹／花仙人／こぶたのバーナビー／ふうせんふくらまそ／金の腕／ティッキ・ピッキ・ブン・ブン／心臓がからだの中にない巨人

既刊 愛蔵版おはなしのろうそく 1～11

1. エパミナンダス　ISBN 978-4-88569-050-1

エパミナンダス／こぶたが一匹……／かしこいモリー／おいしいおかゆ／くまさんのおでかけ／ブドーリネク／スヌークスさん一家／ぼくのおまじない／十二のつきのおくりもの／森の花嫁／なぞなぞ

2. なまくらトック　ISBN 978-4-88569-051-8

なまくらトック／ねずみじょうど／金色とさかのオンドリ／ガチョウ番のむすめ／三人ばか／ふるやのもり／おかあさんのごちそう／あなのはなし／美しいワシリーサとババ・ヤガー

3. ついでにペロリ　ISBN 978-4-88569-052-5

うちの中のウシ／長ぐつをはいたネコ／クマが山にのぼってった／三まいのお札／あくびが出るほどおもしろい話／ラプンツェル／うたうふくろ／あるだんなさんとおかみさんの話／なら梨とり／ついでにペロリ／仕立てやのイトチカさんが王さまになった話

4. ながすね ふとはら がんりき　ISBN 978-4-88569-053-2

小鳥になった美しい妹／おばあさんとブタ／いうことをきかないウナギ／たにし長者／小山のこうさぎ／熊の皮を着た男／マメジカ カンチルが穴に落ちる話／小さな赤いセーター／牛方とやまんば／てんまり歌／ながすね ふとはら がんりき

5. だめといわれてひっこむな　ISBN 978-4-88569-054-9

だめといわれてひっこむな／風の神と子ども／ひねしりあいの歌／ツグミひげの王さま／ジーニと魔法使い／クルミわりのケイト／七羽のカラス／たいへんたいへん／かちかち山／世界でいちばんやかましい音

7. 語るためのテキストをととのえる
——長い話を短くする

松岡享子編著　定価：1320円（本体1200円＋税）
A5判　本文152頁　付録72頁　ISBN978-4-88569-193-5

長い話を子どもたちに語れるように短くする実践講座の記録です。テキストを整えていく過程をわかりやすくまとめました。1999年版の大幅改訂。原文と、整えたテキスト例を対照した付録が挟み込まれています。

おはなし 聞いて語って——東京子ども図書館
月例お話の会500回記念 プログラム集

東京子ども図書館 編　A5判　224頁
定価：1500円（本体1364円＋税）　ISBN 978-4-88569-215-4

当館で1972年に始まった大人向けお話会が、2019年に500回を迎えたのを記念しての刊行。語られたお話を全て収載。当館名誉理事長松岡享子の前書き、カラー口絵、話名索引、出典リスト付き。語り手にとっては貴重な情報源であり、お話の楽しさ、豊かさが心に響く一冊。

出版物をご希望の方は、お近くの書店から、地方・小出版流通センター扱いでご注文ください。当館への直接注文の場合は、書名、冊数、送り先を明記のうえ、はがき、メール（honya@tcl.or.jp）、ファックス、電話でお申込みください。総額２万円以上（税抜）のご注文の方、東京子ども図書館に賛助会費を１万円以上お支払の方は、送料をこちらで負担いたします。

東京子ども図書館　Tel.03-3565-7711　Fax.03-3565-7712
URL. https://www.tcl.or.jp

東京子ども図書館の出版物

TCLブックレット

「こどもとしょかん」評論シリーズ
当館機関誌「こどもとしょかん」のバックナンバーより、ご要望の高かった評論を収載しました。

昔話と子どもの空想

東京子ども図書館 編　B6 判　96 頁
定価：880 円（本体 800 円 + 税）　ISBN978-4-88569-228-4

「人格形成における空想の意味」（小川捷之）、「昔話と子どもの空想」（C・ビューラー）、「昔話における“先取り”の様式」（松岡享子）を収録。

児童図書館の先駆者たち――アメリカ・日本

東京子ども図書館 編　B6 判　96 頁
定価：880 円（本体 800 円 + 税）　ISBN978-4-88569-229-1

「アメリカ児童図書館の先達」（張替惠子）、「日本児童図書館の黎明期」（内藤直子・加藤節子）の２編。巻末に当館所蔵の関連文献一覧付き。

よみきかせのきほん
―― 保育園・幼稚園・学校での実践ガイド

東京子ども図書館 編　B5 判　88 頁
定価：825 円（本体 750 円 + 税）ISBN 978-4-88569-227-7

集団への読み聞かせに向く 304 冊を対象年齢別に紹介。読み方のポイントを分かりやすく解説しました。プログラム例、件名索引付き。

東京子ども図書館は、
子どもと本の幸せな出会いを
願って活動する私立図書館です。

くわしくは、ホームページを
ご覧ください。
URL: https://www.tcl.or.jp

雌《め》牛《うし》のブーコラ　愛蔵版おはなしのろうそく 12

2021 年 10 月 20 日初版発行　2023 年 6 月 20 日第 2 刷発行

編纂　東京子ども図書館
絵　大社玲子
発行　公益財団法人　東京子ども図書館
〒165-0023　東京都中野区江原町 1-19-10
TEL 03-3565-7711　FAX 03-3565-7712
印刷・製本　磯崎印刷 株式会社

Printed in Japan
ISBN 978-4-88569-061-7